L'ARBRE DE NOËL

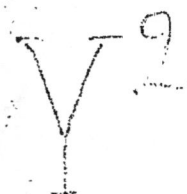

PARIS. — TYPOGRAPHIE LAHURE

Rue de Fleurus, 9

L'ARBRE
DE NOËL

CONTES ET LÉGENDES

RECUEILLIS

PAR X. MARMIER

ET ILLUSTRÉS DE 68 VIGNETTES SUR BOIS

PAR BERTALL

DEUXIÈME ÉDITION

PARIS

LIBRAIRIE HACHETTE ET Cie

BOULEVARD SAINT-GERMAIN, 79

1873

L'ARBRE DE NOËL

A mon ami E. Templier.

Noël ! Noël ! C'était autrefois, vous le savez, mon ami, le cri de joie de la France, en un jour de victoire, ou en quelque autre heureux événement.

Noël ! Noël ! De toutes parts, dans le monde chrétien, c'est encore un des noms qui éveillent les plus douces pensées et les meilleures réminiscences.

J'ai assisté à la fête de Noël en différentes régions, et je m'en souviens.

Je me souviens des émotions qu'elle me donnait dans mon enfance, en ma province de Franche-Comté. Dès le commencement de décembre, dans les maisons du village, on chantait le soir, à la veillée, les vieux et naïfs *Noei* composés dans le patois des montagnes, et transmis d'âge en âge au foyer des familles. Puis on racontait d'une voix grave quelques-uns des prodiges de la nuit de Noël

1

En cette nuit miraculeuse, une roche pyramidale
qui domine la crête d'une montagne tourne trois
fois sur elle-même, pendant la messe, quand le
prêtre lit la généalogie du Sauveur.

En cette même nuit, les animaux domestiques
ont le don de la parole. Si le paysan entre alors
dans son étable, il peut y faire une sage réflexion,
il peut entendre ses bœufs et ses chevaux se ra-
contant l'un à l'autre, d'un ton dolent, comment ils
sont souvent si mal nourris, et si injustement
battus.

En cette même nuit, les sables des grèves, les
rocs des collines, les profondeurs des vallées s'en-
tr'ouvrent, et tous les trésors enfouis dans les en-
trailles de la terre apparaissent à la clarté des
étoiles.

En cette même nuit, les morts sortent de leurs
tombes. Leur ancien curé enseveli près d'eux se
lève aussi, les rassemble autour de la croix du cimetière et récite les prières de la nativité. Puis,
chacun d'eux regarde le village où il a vécu, la
maison qui fut sa maison, et rentre silencieusement
dans son cercueil.

Mes frères et moi, nous écoutions avec une candide croyance ces récits traditionnels, et nous au-
rions bien voulu voir de nos propres yeux ces mer-

veilles. Par malheur, nous n'avions point d'étable, et nul autre animal domestique qu'un chat fauve qui n'articulait pas la moindre syllabe. Nous étions trop petits pour pouvoir aller à la recherche des trésors dans les longues vallées, ou pour gravir la montagne de la roche tournante, et trop craintifs pour oser franchir dans les ténèbres les murs du cimetière.

Mais nous avions une autre merveille qui nous tenait assez en émoi pendant plusieurs semaines : la *Tronche* de Noël, c'est-à-dire, l'énorme bûche de sapin que l'on plaçait cérémonieusement au fond d'une de ces vastes cheminées qui, dans certaines habitations des montagnes du Doubs, comme dans les chalets suisses, occupent la moitié de la cuisine.

Sous cette bûche, nous devions trouver les présents du petit Jésus. Notre mère nous disait : Le petit Jésus sait tout. Il sait où sont les enfants sages et mauvais. Il passe sans s'arrêter devant la maison des paresseux, des indociles, des querelleurs, des gourmands, et il distribue des étrennes à ceux qui remplissent leurs devoirs. Voulez-vous gagner ses récompenses ?

Nous répondions à cette question par une belle promesse, et nous attendions avec impatience l'arrivée du petit Jésus. La veille du grand jour, nous

nous encouragions mutuellement à faire de nouveaux efforts pour ne mériter aucun reproche. Le
soir, dans nos lits, nous ne pouvions dormir. Nous
entendions les cloches qui annonçaient la messe de
minuit et les gens du village qui se rendaient à l'é-
glise, avec leurs gros souliers ferrés, ou leurs sa-
bots résonnant sur la neige durcie; quelquefois les
rafales et les gémissements du vent sinistre, du
vent d'hiver, et la nuit était si noire! Il nous tar-
dait d'être au matin.

Enfin, le voilà venu ce matin si désiré. Bien vite
nous nous levons. Bien vite nous sommes habillés.
Notre mère nous conduit devant la fameuse tronche et d'abord s'agenouille avec nous pour faire
à haute voix la prière. Puis notre père de ses deux
bras soulève peu à peu la lourde tige de sapin, et
alors qui pourrait dire la surprise dont nous sommes saisis à l'aspect de toutes les richesses répan-
dues dans la cheminée par le généreux Jésus? Des
poupées et des corbeilles à ouvrage pour nos sœurs,
des trompettes, des sabres en bois doré, des livres
avec des images enluminées pour les garçons, et des
pommes et des noix et des raisins secs pour nous
tous. Quels cris d'admiration! Quel joyeux tapage!

Souvent à Paris, vers la fin de décembre, je m'arrête à regarder les étalages des magasins d'étren-

nes : des poupées coiffées et parées comme des
princesses, des omnibus et des carrosses auxquels
un ressort imprime un mouvement régulier ; des
imitations d'oiseaux qui chantent ; des éléphants
qui cheminent avec le palanquin sur le dos, des
chefs-d'œuvre de mécanique, et il me semble que
les enfants pour lesquels on achètera ces magnifiques choses n'en jouiront pas comme nous jouis-
sions d'une trompette de deux sols.

Je me souviens du Noël de Suède. On l'appelle
dans ce pays la *Julnat*, la nuit de la roue, parce
qu'à cette époque de l'année, la roue du soleil
tourne au solstice d'hiver. C'est une ancienne dési-
gnation scandinave qui remonte jusqu'au temps du
paganisme. Mais la fête chrétienne se célèbre très-
chrétiennement et d'une façon touchante. Les écoles
alors sont en vacances ; les séances de la diète et
des tribunaux ajournées, et la plupart des affaires
interrompues. Car, il faut qu'en cet heureux jour
de Noël chaque famille soit autant que possible au
complet. Sur toutes les routes, résonnent les grelots des chevaux attelés aux traîneaux, et de tous
côtés, les rapides véhicules emportent au foyer
paternel les fils, les filles établis en d'autres lieux.
Le fiancé aussi va rejoindre sa fiancée. Et parfois,
oh ! quel bonheur ! quand la maison est remplie de

ses chers hôtes, quand le père et la mère se délec-
tent à regarder les enfants dont ils sont séparés
tout le reste de l'année, et en même temps, son-
gent avec tristesse qu'il en est un qui leur manque
encore et qui ne pourra venir, étant si loin d'eux,
si loin, soudain on entend retentir un nouveau collier de grelots; un traîneau s'arrête à la porte; un
homme entre précipitamment; un cri de joie s'é-
chappe de toutes les lèvres. C'est lui. C'est le voyageur qu'on n'espérait pas voir et qui a bravé les rigueurs de l'hiver, les difficultés et les périls d'un long
chemin pour embrasser ceux qu'il aime à la Julnat.
Tous les cœurs sont pleinement épanouis, et à tous
les regards, l'arbre de Noël apparaît plus splendide.

L'arbre de Noël, c'est le vert sapin placé solennellement sur une grande table et entouré de lumières, en mémoire sans doute de la lumière céleste
qui de la crèche de Bethléem s'est répandue dans le
monde entier. A ses rameaux, la mère de famille attache les présents qu'elle a ingénieusement choisis
pour chacun de ses invités. La veille de la Julnat,
dans les villes et les villages, toutes les maisons le
soir sont illuminées par les bougies qui décorent
l'arbre de Noël; il n'est si pauvre Suédois qui ne
veuille avoir le sien, n'eût-il qu'une pâle chandelle
pour l'éclairer.

Et cette fête religieuse, cette fête de famille se prolonge pendant plusieurs jours, et il faut que non-seulement les hommes s'en réjouissent, mais aussi les animaux. Dans les campagnes, à la Julnat, le paysan donne à ses bestiaux une ample ration de son meilleur foin, et l'on pose sur le toit de la ferme une gerbe de blé pour les petits oiseaux qui, en cette cruelle saison d'hiver, ne trouvent plus de grains dans les champs.

Je me souviens du Noël de Beirout, du couvent des capucins, de la petite chapelle où nous allâmes entendre la messe.

Beirout l'ancienne cité syrienne, puis la fortunée colonie romaine, embellie par deux empereurs, Beirout qui fut pendant un siècle et demi une des principales forteresses des Francs, au temps des croisades, est soumise à présent, comme chacun sait à la domination des Turcs.

Pendant que nous nous dirigions en silence, vers la chapelle du cloître, le muezzin turc annonçait à haute voix, du sommet du minaret, l'heure de la prière aux fidèles musulmans. Des officiers d'une frégate turque ancrée dans la rade se promenaient fièrement à travers la ville, regardant avec un suprême dédain les *chiens* de chrétiens, et nous n'arrivions à notre chapelle que par des passages étroits et une

porte plus étroite encore. On eût dit une de ces re-
traites mystérieuses où les chrétiens des anciens
temps s'enfermaient pour dérober les pratiques de
leur religion aux poursuites du paganisme. Mais là
se réunissaient pour la fête de Noël toute la colonie
de marchands et d'ouvriers français établie à Beirout, et des maronites catholiques, et des touristes
et des pèlerins. A la tête de cette religieuse assemblée, dans cette humble église, au sein de la ville
musulmane, au pied des montagnes du Liban, sié-
geait le consul de notre nation, représentant le
souverain de la France qui en vertu des anciens
traités conclus avec les sultans porte le titre de Pro-
tecteur unique des chrétiens du Liban.

Le soir, du haut de la terrasse du consulat, par
un ciel pur et étoilé, comme le ciel de notre pays
en un calme printemps, nous contemplions le vaste
panorama qui se déroule autour des murs de Beirout : d'un côté, la mer ; de l'autre, le Liban ; la
mer phosphorescente, les pentes escarpées, les
cimes majestueuses du Liban, empourprées et dorées par les rayons du soleil couchant. C'était un
attrayant et imposant spectacle. C'était un beau
Noël.

Je me souviens encore d'un Noël acclamé en pleine
mer sur un bateau à vapeur qui faisait la traversée

de la Nouvelle-Orléans à la Havane. Il y avait là
dans les cabines de première classe une trentaine de
passagers de différents pays : espagnols, américains,
anglais, allemands, presque tous étrangers l'un à
l'autre, et se rencontrant pour la première fois,
dans le salon, ou sur le pont du bâtiment.

Un matin, comme nous finissions de déjeuner,
un de nos compagnons dont j'avais remarqué la
riante et franche physionomie, un planteur de la
Louisiane nous dit : « Messieurs, je n'ai pas l'honneur
d'être connu de vous, et j'ai cependant une proposition à vous faire. C'est demain Noël. Vous n'êtes
peut-être pas tous catholiques, mais sans doute tous
chrétiens. Par conséquent, vous devez aimer le jour de
Noël. Demain, après l'office religieux, nos familles cé-
lébreront ce grand jour en un joyeux repas. Nous ne
pouvons avoir ici la cérémonie religieuse. Mais nous
pouvons nous réunir en un fraternel banquet, porter des toasts à ceux que nous aimons et nous souhaiter réciproquement l'un à l'autre une heureuse
année. Donc, si vous m'y autorisez, je commanderai
au maître cock un dîner de choix. Je me ferai remettre par le sommelier la carte de ses meilleurs
vins, et pour joindre une bonne action à notre
festin, nous ferons, si vous le voulez, préparer à nos
frais un autre copieux dîner pour les passagers qui

sont sur l'avant du bateau, bien mal logés, et bien mal nourris. »

Chacun de nous applaudit à ces paroles, et le programme du planteur fut ponctuellement exécuté.

Le lendemain, grâce à la fête de Noël, ces mêmes passagers qui peu d'heures auparavant s'adressaient à peine quelques mots, en étaient venus à causer familièrement et gaiement ensemble. Grâce encore à la fête de Noël, nous apprîmes que parmi les pauvres gens à qui nous avions fait servir un repas de luxe, il y avait une brave famille allemande réduite à un déplorable état de dénûment, et moyennant une petite cotisation à laquelle chacun de nous s'empressa de souscrire, nous eûmes la joie d'affranchir ces honnêtes voyageurs de leurs soucis.

Et le Noël de Paris en 1870 ! De celui-là aussi je me souviens. Ah ! quel temps ! Paris, la grande cité investie par les hordes allemandes, enlacée, comprimée dans une ceinture de bronze et de fer, Paris, la sœur du monde, séparée du monde entier. Qui de nous n'avait alors en d'autres lieux quelque tendre affection, des frères, ou des fils dans les combats de l'Est ou de l'Ouest, de vieux amis ou de vieux parents réfugiés dans des villes étrangères ? De ces chers absents, pas une lettre, pas un

signe de vie; de tout ce qui se passait au delà de
nos fortifications, aucune nouvelle certaine; de
temps à autre seulement quelque vague rumeur
d'un sinistre événement, et dans l'enceinte de nos
murs les rues mornes et sombres; pas un accent
joyeux dans le jour; pas une lumière le soir; nul
autre bruit que celui des chariots de guerre, des
roulements de tambours, et le fracas des mitrail-
leuses, et le tonnerre des canons. Hélas! en quelques semaines, par ces fatales batailles, tant de
ruines et de deuils, tant de voix lamentables,
comme celles de Rama, tant de pauvres mères qui
ne voulaient plus être consolées!

Cependant, au milieu de toutes ces calamités, j'é-
tais invité à dîner le jour de Noël dans une religieuse
famille qui, comme toutes les religieuses et nobles
familles, faisait vaillamment son devoir : le père et
les fils sur les remparts, la mère près des blessés.

Pour ce jour de Noël, dans notre disette, cette
excellente mère gardait, oh merveille! une boîte de
conserves, une moitié de jambon, une corbeille de
fruits de son jardin.

Pour ce jour-là, son dernier Benjamin, son petit
Pierre, Pierre le grand, Pierre le magnanime nous
abandonnait une poule. (En ce temps-là, quelle
rara avis!) Une poule superbe qu'il avait rap-

portée de la campagne, et nourrie pendant deux
mois de ses propres mains.

Le soir, un bon feu flambait dans la cheminée ;
toutes nos richesses gastronomiques étaient étalées
sur une belle nappe blanche, et l'on parlait d'un
engagement où nos ennemis avaient subi un grave
échec, et d'un projet de sortie qui devait rompre
notre blocus. Après nos longues heures d'angoisse,
nous ne demandions qu'à ouvrir notre cœur à l'espoir, et dans ce cercle amical, en prononçant le
saint nom de Noël, chacun de nous voyait luire à
la voûte du ciel, en ce cruel hiver, l'étoile de Bethléem, l'étoile du salut.

Mais je suis sûr, mon cher ami, que vous sympa-
thisez parfaitement avec mon affection pour Noël.
Vous allez publier dans votre collection de livres
d'étrennes, un volume de contes, que j'ai choisis
dans des œuvres de divers pays. En mémoire du
sapin de la *Julnat* suédoise, de la *Weihnacht* allemande, de la *Christmas* britannique, je voudrais
que ce recueil fût intitulé : *l'Arbre de Noël.*

Votre vieil ami,   X. M.

L'ARBRE DE NOËL

L'AMBITIEUX SAPIN

Il y avait une fois un jeune sapin sans expérience qui gémissait de son sort. « Ah! disait-il, ces lignes uniformes de pointes vertes qui s'étendent le long de mes branches sont bien laides. J'ai le cœur un peu plus fier que mes voisins, et me sens fait pour être habillé d'une autre sorte. Je voudrais avoir un feuillage doré. »

Le génie de la montagne l'écoute, sourit, fait un signe, et, le lendemain matin, le jeune présomptueux se réveille avec des feuilles d'or. Le voilà tout radieux, qui s'admire, se pavane et regarde orgueilleusement ceux qui, plus sages que lui, n'envient point sa rapide fortune. Le soir, arrive un juif qui détache chacune de ces feuilles d'or, les met dans son sac et s'en va, laissant le pauvre arbuste, des pieds à la tête, entièrement nu.

« Hélas ! dit-il, étourdi que je suis, je n'avais pas songé à la cupidité de l'homme. Comme celui-là m'a dépouillé ! Maintenant il n'y a pas dans la forêt une petite plante plus pauvre que moi. J'ai eu tort

de désirer ces pièces de métal qui excitent de si ardentes convoitises, et maintenant je voudrais bien ne pas rester dans ma honteuse nudité. Si j'avais un vêtement de verre ! Cela serait magnifique, et le juif rapace n'aurait nulle envie de me dépouiller. »

Le lendemain matin, le sapin se réveille avec des feuilles de verre qui se balancent légèrement au souffle de la brise et reluisent au soleil comme de petits miroirs. De nouveau, il est tout réjoui et tout fier, et dans son étincelante parure de nouveau regarde dédaigneusement ses voisins. Mais le ciel se couvre de nuages. Le vent se lève, mugit, éclate, et d'un coup de son aile noire brise les feuilles de verre.

« Je me suis encore trompé, dit l'innocent jouvenceau des bois, en contemplant les débris de son luxe perdu. Ni l'or, ni le verre ne sont faits pour décorer les forêts. Je serais moins brillant, mais plus tranquille, si j'avais un bon feuillage, doux et velouté comme celui du noisetier. »

Le troisième vœu est accompli, et en renonçant à ses vanités premières, l'ambitieux sapin avait encore le plaisir de se croire mieux vêtu que les arbres de son espèce. Mais des chèvres passant par là aperçoivent ses feuilles nouvellement écloses, si tendres et si fraîches, les prennent à belles dents et n'en épargnent pas une.

Le malheureux sapin humilié, désolé de ses erreurs, n'aspirait qu'à reprendre sa forme primitive. Il obtint encore cette grâce, et oncques depuis ne s'avisa de souhaiter une autre condition.

MARGUERITE ET JEAN

Il y avait une fois un pauvre bûcheron qui vivait avec sa femme et deux enfants, un garçon et une fille, au milieu des bois, dans une chétive cabane. Le garçon s'appelait Jean, la fille Marguerite. De plus en plus, la misère du bûcheron s'accroissait et lui causait de grands soucis. Un soir, il dit en soupirant à sa femme :

« Comment allons-nous faire pour nourrir nos enfants? Nous voilà à l'entrée de l'hiver, et nous n'avons rien pour nous-mêmes.

— Si tu veux m'en croire, répliqua la femme, tu les conduiras dans les profondeurs de la forêt, tu leur donneras encore un petit morceau de pain, tu leur allumeras du feu, et tu les laisseras là en les recommandant au bon Dieu.

— Ah! Seigneur du ciel, s'écria le bûcheron,

puis-je jamais songer à perdre ainsi mes enfants ?

— Eh bien ! repartit la femme, tu les verras mourir de faim, et nous mourrons de même ; tu peux
faire préparer notre cercueil. »

Les enfants, que la faim tenait éveillés dans leur
lit de mousse, entendaient cet entretien. Marguerite se mit à pleurer. Mais Jean lui dit :

« Ne pleure pas, ma petite sœur, je trouverai
nien un moyen de salut. »

Dès que ses parents furent endormis, il se leva

2

sans faire de bruit, sortit de la cabane, s'en alla
ramasser des petits cailloux blancs et les rapporta
dans son lit.

Le matin, les parents avaient pris leur douloureuse résolution. La mère donna aux enfants un
morceau de pain, puis ferma la porte du logis et
se mit en marche. Le bûcheron l'accompagnait
tristement, portant sa hache sur l'épaule. Ensuite
venait Marguerite, puis Jean qui, de distance en
distance, laissait tomber par terre ses petits cailloux.

Quand ils furent au milieu de la forêt, les enfants ramassèrent des branches sèches avec lesquelles le bûcheron alluma du feu; puis la mère
leur dit :

« Vous devez être fatigués. Dormez près de ce
feu, tandis que nous irons couper du bois. Nous
vous reprendrons en revenant. »

Les petits sommeillèrent jusqu'à midi. Quand ils
se réveillèrent, leur brasier était éteint, et ils
avaient faim. Ils mangèrent leur morceau de pain,
puis de nouveau s'endormirent, et ne s'éveillèrent
que le soir. Leurs parents ne revenaient point.
Marguerite se mit à pleurer.

« N'aie pas peur, lui dit Jean, le bon Dieu est avec
nous. Bientôt la lune va se lever, et nous rentre-
rons au logis. »

Un instant après, en effet, la lune se levait et
éclairait les sentiers de la forêt. Jean prit sa sœur
par la main. L'un et l'autre se mirent bavement en

marche. Au point du jour, ils arrivaient à la cabane de leurs parents et frappaient à la porte. La
mère, en les voyant, fut bien étonnée. Mais le père
se réjouit de leur retour.

Quelque temps après, de nouveau la misère le
ramena à sa première résolution. De nouveau les
enfants entendirent son entretien avec leur mère.

De nouveau Jean voulut aller ramasser des petits
cailloux. Mais la porte de la hutte était fermée. Cependant, il consola sa sœur ; il lui disait :

« Ne pleure pas. Le bon Dieu connaît tous les
chemins. Il nous mènera vers celui que nous de-
vrons suivre. »

Le lendemain matin de bonne heure, les enfants
reçurent un morceau de pain plus petit encore
que la première fois, et furent conduits plus avant
dans la forêt. Jean broyait son pain dans sa poche
et en répandait les miettes par terre, pensant

qu'elles l'aideraient à retrouver sa route. Comme
la première fois, il ramassa avec sa sœur des
branches sèches pour faire du feu. Puis les parents s'éloignèrent, et Marguerite et Jean dormirent jusqu'à midi. Jean n'avait plus une seule
miette de pain. Mais sa sœur partagea avec lui le
morceau qu'elle avait gardé. De nouveau ils s'endormirent. Quand ils se réveillèrent, autour d'eux
tout était sombre. Marguerite pleurait. Son frère
lui disait :

« Ne pleure pas, je te ramènerai à la maison. »

Et lorsque la lune fut levée, il prit la petite
fille par la main et se mit en marche avec elle,
comptant retrouver son chemin par les miettes de
pain.

Mais les oiseaux avaient mangé toutes ces miettes. On n'en voyait plus une seule. Les enfants er-
rèrent toute la nuit dans la forêt sans pouvoir
retrouver leur chemin. Épuisés de fatigue, ils se couchèrent sur la mousse et s'endormirent. En s'éveillant, ils souffraient de la faim ; quelques fruits sauvages les soulagèrent. Ils se remirent encore en
marche, sans savoir de quel côté ils devaient se diriger ; et voilà qu'un petit oiseau blanc se mit à
voler devant eux, et ils le suivirent, pensant qu'il
les conduirait dans le bon chemin. Tout à coup, ils
virent devant eux une jolie maisonnette sur laquelle l'oiseau alla se poser et la becqueta. Les enfants s'approchèrent, et qu'on se figure leur étonnement et leur joie quand ils virent de quoi se

composait cette maison. Ses murailles étaient faites
avec de fines tranches de pain, sa toiture avec des
gâteaux, ses fenêtres avec du sucre candi. Jean et
Marguerite, qui avaient faim, mangèrent un morceau du toit et la moitié d'une vitre. Tout à coup,
ils entendirent une voix qui criait :

> Tipe, tope, tape, ton,
> Qui donc détruit ma maison ?

En entendant cette voix aigre et dure, ils eurent
bien peur. Cependant, comme ils avaient faim encore, ils se remirent à manger. Alors, ils virent
apparaître une vieille femme hideuse, toute petite,
avec une grande bouche, un grand nez, une figure
noire et des yeux verts. A cet aspect, Jean et Marguerite voulurent s'enfuir. La vieille, pourtant, les
rassura :

Ne vous effrayez pas, leur dit-elle, et suivez-
moi. J'ai de meilleures choses à vous donner. »

Ils entrèrent avec elle dans sa demeure, et là,
quelle richesse : du sucre, des biscuits, du lait, des
macarons, des pommes et des noix. Pendant qu'ils
regardaient, émerveillés, ces amas de friandises, la
vieille leur préparait deux jolis petits lits blancs.
Ils firent pieusement leur prière du soir, puis se
couchèrent.

Cependant, cette vieille était une affreuse sorcière
qui attirait les petits enfants par ses sucreries et les
mangeait.

Le lendemain matin, elle s'avança avec une joie féroce vers les deux couchettes où reposaient les deux beaux enfants. D'une main elle prit Jean par le milieu du corps, de l'autre elle lui fermait la

bouche pour l'empêcher de crier. Elle l'emporta et l'enferma dans le poulailler, puis elle revint vers Marguerite et lui dit d'une voix farouche :

« Lève-toi, paresseuse. Ton frère est avec les pies ; il va s'engraisser pour me faire un bon rôti. »

La pauvre Marguerite, tout épouvantée, pleura

et se désola. Mais ni ses larmes, ni ses gémissements ne pouvaient attendrir l'horrible sorcière;
et elle était forcée de faire près d'elle l'ouvrage
d'une servante. De temps à autre la vieille allait au
poulailler et disait à Jean de lui passer un doigt à
travers les barreaux de sa prison, pour qu'elle vît
s'il engraissait. Le malin Jean lui présentait un os
desséché.

« C'est singulier, murmurait-elle en secouant la
tête, comme il profite peu de la bonne nourriture
qu'on lui donne. »

Un matin, fatiguée d'attendre si longtemps, elle
s'écria :

« Il faut en finir. Aujourd'hui même je le rôti-
rai. »

Elle alluma un grand feu dans le four pour y
faire cuire du pain, et son intention était d'y faire
griller aussi la petite Marguerite.

« Monte, lui dit-elle, sur cet escabeau, et ar-
range la braise dans le four avec cette perche. »

Marguerite se disposait à lui obéir, quand elle
entendit le petit oiseau blanc qui lui chantait :

« Prends garde! prends garde! »

Elle comprit le cruel dessein de la vieille, et lui
dit :

« Montrez-moi ce que je dois faire. »

La sorcière se hissa sur l'escabeau, se pencha
vers la gueule du four. Aussitôt Marguerite l'y jeta,
puis referma le four avec sa plaque de fer, et s'en
alla délivrer Jean; et tous deux, s'embrassant et

remerciant Dieu, sortirent avec bonheur de cette
maudite maison.

A la porte, l'oiseau blanc les attendait avec les
autres oiseaux qui avaient mangé les miettes de
pain de Jean. Chacun d'eux voulait faire un présent
aux deux gentils enfants. Marguerite étendit son
tablier. Les oiseaux y jetèrent des perles et des
pierres précieuses. Puis, celui qui avait déjà ac-
compagné les deux innocents petits, voltigea devant
eux pour leur montrer leur chemin. Ils traversè-
rent ainsi la forêt et arrivèrent au bord d'un grand
lac, où un cygne blanc se promenait.

« Oh! beau cygne, dirent les enfants, veux-tu
nous aider à passer ce lac? »

A ces mots, le cygne s'approcha d'eux en baissant la tête, et l'un après l'autre les transporta sur
l'autre rive. Là était déjà le petit oiseau blanc, qui
se remit à voltiger devant eux pour les guider vers
leur cabane

Le bûcheron et sa femme étaient là, bien affligés, regrettant leurs bons petits, et se disant :

« Ah! s'ils pouvaient revenir, non, jamais, plus jamais nous ne voudrions les perdre dans la forêt. »

Au même instant la porte s'ouvre, et les deux enfants s'avancent. Ah! quelle joie! comme ils furent tendrement embrassés! Et avec les présents que les oiseaux leur avaient faits, ils étaient riches, ils n'avaient plus à redouter la misère.

LE CHARDONNERET ET L'OUVRIER

Histoire canadienne.

Il y a quelques années, un émigrant allemand alla s'établir dans le haut Canada, à Toronto. C'était un cordonnier qui n'avait pour tout bien que son industrie et ses ustensiles de travail ; de plus, un chardonneret, qu'il apportait de son village d'Allemagne, et dont il avait eu grand soin pendant la traversée. Il loua une échoppe et se mit à la besogne, et, chaque matin en se levant, il suspendait à la fenêtre de son humble atelier la cage de son chardonneret. Pendant que l'ouvrier travaillait, l'oiseau battait des ailes et chantait pour le récréer. Peut-être qu'il lui chantait des airs qui le faisaient penser à son pays et lui réjouissaient le cœur. Tous les jours le cordonnier chantait gaiement dans sa

cellule, en face de son gentil compagnon, et probablement il ne se doutait guère que cet oiseau devait aider à sa fortune. Mais un passant, ayant entendu les mélodies du chardonneret, en parla dans
une riche maison de la ville, puis dans une autre.

Les belles dames et les jeunes filles voulurent voir
ce petit musicien étranger qui chantait si bien, et
s'intéressèrent au laborieux artisan qui l'avait apporté de si loin.

Quelques années après, le cordonnier mourut.
Ses meubles, sa boutique furent vendus au profit
de ses héritiers. Le gouverneur de Toronto acheta
le chardonneret et le fit aussitôt placer à la fenêtre
de son salon. Mais en vain il attendit quelques-unes
de ces jolies roulades qui, naguère, résonnaient si
vivement dans l'échoppe de l'ouvrier. En vain, pour
raviver l'oiseau qui paraissait attristé, il fit remplir

le bassin de sa cage de l'eau la plus pure et du meilleur millet.

L'oiseau était comme la pensée de vie de son humble maître. Le maître mort, l'oiseau resta muet.

JACQUES ET SES CAMARADES

Conte irlandais.

Il y avait une fois une pauvre veuve qui n'avait qu'un fils. A la fin d'un rude hiver, ils ne possédaient plus qu'un peu de farine et un coq. Jacques résolut de partir pour s'en aller à l'aventure chercher fortune. Sa mère lui pétrit son restant de farine, tua son coq, et lui dit :

« Qu'est-ce qui te plaît le plus, d'avoir la moitié de ces provisions avec ma bénédiction, ou le tout avec ma malédiction ?

— Oh ! ma mère, répondit Jacques, comment pouvez-vous me demander une telle chose ? Je ne voudrais pas avoir, avec votre malédiction, les trésors de Damer, le riche banquier de Dublin.

— Bien, mon enfant, répliqua doucement la mère. Mais, prends tout cela, et sois béni. »

Et il partit; et aussi longtemps qu'elle put le voir, elle le suivit du regard en le bénissant.

Jacques s'en alla tout droit devant lui. Son intention était d'entrer dans quelque maison de ferme et de demander si on voulait l'employer là comme domestique. Chemin faisant, il aperçut un âne qui était tombé dans un marais, et qui essayait en vain d'en sortir.

« Oh ! Jacques, s'écria-t-il, aide-moi ou je vais me noyer.

— Bien ! répondit Jacques, tu ne seras pas obligé de répéter ta demande. »

Aussitôt, ramassant des branches d'arbres et des pierres, il en forma une espèce de pont sur lequel le pauvre quadrupède réussit à mettre un pied, puis un autre, puis enfin tous les quatre, et ainsi fut délivré du danger qui le menaçait.

« Merci, dit-il en s'approchant de Jacques. A mon tour, si j'en trouve l'occasion, je te rendrai service. Où vas-tu ?

— Je vais chercher à gagner ma vie jusqu'au temps où l'on récoltera les pommes de terre.

— Veux-tu que j'aille avec toi ? Qui sait si nous ne ferons pas quelque bonne rencontre ?

— Allons. »

Et ils se mirent en route.

Comme ils passaient par un village, ils virent un chien poursuivi par des écoliers qui lui avaient attaché une casserole à la queue. La pauvre bête courut vers Jacques, qui la prit aussitôt sous sa protection, et l'âne se mit à braire de telle sorte, que les méchants enfants s'enfuirent épouvantés.

« Merci, dit le chien à Jacques. A mon tour, si j'en trouve l'occasion, je voudrais te rendre service. Où vas-tu ?

— Je vais chercher à gagner ma vie jusqu'à la récolte.

— Veux-tu que j'aille avec toi?

— Allons. »

Quand ils furent hors du village, ils s'arrêtèrent au pied d'une haie. Jacques tira de son bissac ses maigres provisions et en donna une part au chien. L'âne brouta quelques chardons. Pendant qu'ils faisaient ainsi leur repas, arrive un chat à moitié affamé, qui aurait attendri les cœurs les plus durs par ses plaintifs miaulements.

« Ah! pauvre malheureux! s'écrie Jacques, on dirait qu'il a couru sur tous les toits d'une ville depuis son dernier déjeuner ! »

Et il lui donne un peu de poulet à manger.

« Merci, dit le chat. Puissé-je un jour te rendre quelque service. Où vas-tu ?

— Chercher de l'ouvrage jusqu'à la prochaine récolte. Tu peux, si cela te plaît, venir avec nous.

— Très-volontiers. »

Les quatre pèlerins se remettent en route. Vers le soir, ils entendent tout à coup un cri perçant, et ils aperçoivent un renard qui courait à toutes jambes, emportant un coq.

« En avant! brave chien ! » s'écrie Jacques.

A l'instant, le chien s'élance à la poursuite du renard, qui, se voyant alors en grand péril, lâche sa proie pour mieux courir. Le coq sautille tout joyeux près de Jacques et lui dit :

« Merci, tu m'as sauvé la vie. Je m'en souviendrai. Maintenant, où vas-tu ?

— Chercher de la besogne pour pouvoir vivre jusqu'à la récolte. Veux-tu venir avec nous ?

— Très-volontiers.

— Eh bien ! viens, et si tu es fatigué, tu te poseras sur le dos de l'âne. »

Les voyageurs se remirent en marche avec ce nouveau compagnon. Tous éprouvaient cependant le besoin de se reposer, et, autour d'eux, ils n'apercevaient pas une ferme, pas une cabane.

« Allons, dit Jacques, une autre fois nous serons plus heureux. Aujourd'hui, nous pouvons bien nous résigner à coucher en plein air. La nuit, d'ailleurs est assez belle, et la terre est couverte d'un bon gazon. »

A ces mots, il s'étendit sur l'herbe ; l'âne se coucha à côté de lui, le chien et le chat se mirent entre les pattes du complaisant grison, et le coq se percha sur un arbre.

Tous étaient endormis d'un profond sommeil, quand, soudain, voilà le coq qui se mit à crier.

« Quel malheur, dit l'âne, d'être ainsi brusquement réveillé. Pourquoi donc cries-tu ainsi ?

— Pour annoncer le point du jour, répond le coq. Ne voyez-vous pas la lumière qui brille là-bas ?

— Je vois bien une lumière, dit Jacques, mais c'est celle d'une lampe et non pas du soleil. Probablement, il y a par là une habitation, et nous pourrions aller y demander un asile pour le reste de la nuit. »

La proposition est acceptée. La caravane part et s'en va par les champs, par les rocs, et s'arrête au bord d'un ravin où retentissent des éclats de rire, des cris confus, des chants grossiers et des blasphèmes.

« Attention, dit Jacques, avançons pas à pas, tout doucement, pour voir quelle espèce de gens demeure là. »

Ces gens, c'étaient six voleurs armés de poignards et de pistolets, assis à une table couverte de mets exquis, et banquetant gaiement et buvant à qui mieux mieux du punch et du vin.

« Quel bon coup, dit l'un d'eux, nous venons de faire dans la maison de lord Dunlavin, grâce à l'assistance de son concierge. Un excellent homme, ce concierge. A sa santé !

— A la santé de ce brave valet ! » répétèrent tous les autres voleurs.

Et, d'un trait, ils vidèrent leurs verres.

Jacques se retourna vers ses compagnons et leur dit à voix basse :

« Joignez-vous l'un à l'autre le mieux que vous pourrez, et, à mon premier signal, que vos voix résonnent ensemble. »

L'âne, se dressant sur ses pattes de derrière, posa ses deux pattes de devant sur le bord de la fenêtre, le chien se posa sur sa tête, le chat sur la tête du chien, le coq sur la tête du chat. Jacques fit un signe, et alors retentit à la fois le braiement de l'âne, l'aboiement du chien, le miaulement du chat, le cri strident du coq.

« A présent, dit Jacques d'une voix vibrante, armez vos soldats! Tuez les brigands; feu! »

Au même instant, les pieds de l'âne firent voler la fenêtre en éclats; les aboiements et les hurlements recommencèrent; les voleurs, épouvantés, se précipitèrent vers une porte dérobée et s'enfuirent dans la forêt.

Jacques et ses compagnons entrèrent dans la chambre abandonnée, firent un bon repas, puis se couchèrent, Jacques dans un lit, l'âne dans l'étable, le chien sur une natte, près de la porte, le chat près du foyer et le coq sur un perchoir.

D'abord, les voleurs se sentirent réjouis quand ils furent en sûreté dans la forêt. Mais bientôt ils se mirent à faire de tristes réflexions.

« Au lieu d'herbe humide, dit l'un, j'aimerais bien mieux retrouver mon lit.

— Moi, dit un autre, je regrette le rôti que je commençais à peine à savourer.

— Moi, ajouta un troisième, les bonnes bouteilles de vin encore pleines.

— Ce qui est bien plus regrettable, s'écria un quatrième, c'est tout cet or, tout cet argent que nous avons pris à l'aide du concierge de lord Dunlavin, et que nous avons abandonné.

— Je veux, dit.le capitaine, essayer de rentrer dans notre maison. Je veux voir si tout est perdu.

— Bravo ! » s'écrièrent ses camarades.

Et il se mit en marche.

Toutes les lumières étaient éteintes dans la maison, où il pénétrait à tâtons. Il s'avança vers le foyer ; le chat lui saute à la figure et le déchire avec ses griffes. Il pousse un cri de douleur, cherche la porte, et, par malheur, marche sur la queue du chien, qui lui enfonce ses dents aiguës dans les jambes. De nouveau il rugit, et enfin parvient à franchir le seuil de la porte. Mais alors le coq se jette sur lui et le lacère avec son bec et ses ongles.

« Oh ! s'écrie-t-il, c'est une race de démons qui a pris possession de cette maison. Comment pourrai-je en sortir ? »

Il espère trouver un refuge dans l'étable ; mais l'âne lui lance une ruade qui le jette par terre à demi mort.

Quelques instants après, cependant, il reprenait sa connaissance ; il se tâtait les membres, et, voyant que ni ses bras, ni ses jambes n'étaient brisés, il se leva et retourna dans la forêt.

« Eh bien ! eh bien ! s'écrièrent ses camarades dès qu'ils l'aperçurent, pourrons-nous recouvrer nos richesses ?

— Non, s'écria-t-il ; c'en est fait. Mais, d'abord, préparez-moi une couche pour me reposer, et des infusions et des cataplasmes pour mes blessures. Vous ne pouvez vous imaginer ce que j'ai souffert pour vous. Dans la cuisine, j'ai été assailli par une vieille sorcière qui cardait de la laine, et vous pouvez voir les déchirures qu'elle m'a faites au visage avec ses cardes. Près de la porte, un satanique savetier m'a percé les jambes avec ses alènes et ses poinçons; de l'autre côté de la porte, le diable lui-même s'est élancé sur moi avec ses griffes. Dans l'étable, j'ai reçu un coup de massue dont j'ai failli mourir. Si vous ne me croyez pas, allez là vous-mêmes.

— Nous vous croyons, s'écrièrent ses compagnons en regardant son visage et son corps ensanglantés, et nous n'essayerons pas de rentrer dans cette maudite maison. Tâchons d'en trouver une autre. »

Le matin, Jacques et ses compagnons firent encore, avec les provisions des voleurs, un bon déjeuner, puis partirent pour restituer à lord Dunlavin l'or et l'argent qui lui avaient été dérobés. Le tout fut enfermé soigneusement par Jacques dans deux sacs, et placé sur le dos de l'âne. Ils s'en allèrent par les collines, par les prairies, par les rochers, et arrivèrent à la porte du château seigneurial. Devant cette porte était le scélérat de concierge, en grande livrée, les bas blancs, les culottes rouges, les cheveux poudrés.

Il regarda d'un air de mépris la petite caravane, et dit à Jacques :

« Que venez-vous chercher ici? Il n'y a point de place pour vous dans cette maison.

— Nous comptons pourtant, répondit Jacques,
sur un bon accueil. Mais, certainement, ce n'est pas
à vous que nous le demanderons.

— Loin d'ici, vagabonds, s'écria le concierge en
colère ; hâtez-vous de déguerpir, sinon je lâche mes
dogues sur vous.

— Un instant, répliqua le coq, qui était perché
sur la tête de l'âne ; pourriez-vous nous dire qui a
ouvert la porte du château la nuit dernière aux voleurs ? »

Le concierge rougit. Lord Dunlavin, qui était à la fenêtre, s'écria :

« Eh ! Barnabé, répondez un peu à la question que vient de vous adresser ce bel oiseau.

— Seigneur, répondit Barnabé, ce coq est un misérable. Certainement, ce n'est pas moi qui ai ouvert la porte aux six voleurs.

— Et comment, mon gaillard, reprit lord Dunlavin, savez-vous qu'ils étaient six ?

— Quoi qu'il en soit, milord, dit Jacques, nous vous rapportons tout l'or et l'argent qui vous a été enlevé, et je voudrais seulement vous prier de nous donner à souper et un gîte pour cette nuit, car nous avons fait une longue marche.

— Soyez tranquilles, vous serez bien traités. »

L'âne, le chien et le coq furent en effet très-agréablement installés dans la ferme, le chat dans la cuisine. Quant à Jacques, le châtelain reconnaissant le fit revêtir des pieds à la tête de beaux habits, lui mit une montre en or dans le gousset, et lui dit :

« Veux-tu rester avec moi ? Tu es honnête, et je vois que tu es intelligent. Tu seras mon intendant. »

Jacques accepta avec reconnaissance cette proposition, et fit venir près de lui sa vieille mère. Puis il épousa une belle et brave jeune fille, et vécut très-heureux.

LES DEUX AVARES

Conte hébraïque.

A Kufa vivait un avare qui apprit qu'il y avait à Bassora un autre avare d'une étonnante expérience, dont il pouvait tirer un précieux enseignement. Il

se mit en route pour aller le rejoindre, et se présenta à lui comme un humble disciple, désireux de s'instruire dans la grande science de l'avarice.

« Soyez le bienvenu, lui dit l'habile homme de Bassora, et, dès aujourd'hui, nous pouvons acquérir une nouvelle instruction en allant au marché. »

Tous deux s'en vont chez le boulanger.

« As-tu du bon pain? demande l'avare de Bassora.

— Excellent! réplique le boulanger ; il est doux et frais comme du beurre.

— Très-bien, dit à son compagnon l'ingénieux avare ; voilà, dans cette comparaison, le beurre indiqué comme une meilleure chose que le pain. On ne peut guère manger de beurre. Nous ferons donc une économie en le préférant au pain. »

Plus loin, il s'arrête devant un autre marchand, et lui dit :

« As-tu de bon beurre?

— Excellent! Frais et savoureux comme de l'huile d'olive.

— Bien. Pour faire valoir le beurre, on le compare à l'huile. Donc, l'huile est meilleure. C'est ce que nous devons choisir. »

Un peu plus loin il dit à un marchand :

« As-tu de la bonne huile?

— Parfaite! claire et transparente comme de l'eau.

— Ah! s'écrie l'avare, l'eau est donc le dernier point de comparaison. J'en ai une bonne provision dans mon logis ; venez avec moi, ajoute-t-il en se tournant vers son adepte, nous allons nous régaler à boire de l'eau, puisque nous venons d'apprendre que le beurre est meilleur que le pain, l'huile d'olive meilleure que le beurre, et l'eau meilleure que l'huile.

— Dieu soit loué, dit l'avare de Kufa, je n'ai point perdu mon temps en venant à Bassora. »

L'HISTOIRE DU PETIT CHAPERON ROUGE

COMME ON LA RACONTE EN ALLEMAGNE.

Il y avait une fois une jolie, gentille petite fille, extrêmement aimée de sa mère et de sa grand'mère. Cette bonne grand'mère qui ne savait quoi imaginer pour la réjouir, lui donna un jour un chaperon en velours rouge. La petite était si contente d'avoir cette coiffure qu'elle ne voulait plus en porter d'autres, et comme on la voyait si gaiement aller et venir avec son chaperon, on l'appelait le petit chaperon rouge.

Sa mère et sa grand'mère demeuraient à une demi-lieue l'une de l'autre, et entre leurs maisons il y avait une forêt. Un matin, la mère dit au petit chaperon rouge : « Ta grand'mère est malade et ne peut venir nous voir. J'ai fait des galettes ; va lui

en porter une avec une bouteille de vin. Prends
garde de casser cette bouteille, ne t'amuse pas à
courir dans le bois, va tranquillement ton chemin
et reviens bientôt.

— Oui, répondit le petit chaperon rouge, je vous
obéirai complétement. »

Aussitôt il noua son tablier à sa ceinture, plaça
dans un léger panier la bouteille et le gâteau et se
mit gaiement en route. Au milieu de la forêt, un

loup s'approcha de lui. L'enfant ne connaissait pas les loups et il regarda celui-ci sans crainte.

« Bonjour, petit chaperon rouge, dit le loup.

— Bonjour, monsieur, répondit poliment la petite.

— Où vas-tu donc de si bonne heure?

— Chez ma grand'mère qui est souffrante.

— Et tu lui portes quelque chose?

— Oui, un gâteau et cette bouteille de vin pour la fortifier.

— Dis moi donc, gentil petit chaperon rouge, où demeure ta grand'mère. Je voudrais bien aussi aller la voir.

— Sa maison n'est pas loin d'ici, au bord de la forêt. A côté, il y a de gros chênes, et dans la haie du jardin des noisettes!

—Ah! c'est toi, se dit le loup, charmant petit chaperon rouge, qui es une appétissante noisette. Quel bonheur de te croquer! » Puis il reprit à haute voix : « Regarde quels beaux arbres, et quels jolis oiseaux! C'est vraiment un plaisir de se promener dans les forêts, et on y trouve tant de bonnes plantes médicinales.

— Vous êtes sans doute un docteur, répliqua le candide chaperon rouge, puisque vous connaissez les plantes médicinales. Vous pourriez peut-être m'en indiquer une qui ferait du bien à ma grand'mère.

— Sans doute, ma chère enfant, tiens : en voici une, et une autre, et celle-là encore. »

Mais toutes les plantes que le loup indiquait ainsi

étaient des plantes vénéneuses. L'innocente enfant voulait cependant les cueillir pour les porter à son aïeule.

« Adieu, mon gentil petit chaperon rouge, je suis très-content d'avoir fait ta connaissance. A mon grand regret, il faut que je te quitte pour aller bien vite voir un malade. »

A ces mots, il courut précipitamment vers la maison de la grand'mère, pendant que l'innocent chaperon rouge s'amusait à cueillir les plantes qu'il lui avait désignées.

En arrivant à la porte de la vieille aïeule, il la trouva fermée et frappa. La grand'mère ne pouvant plus se lever de son lit demanda : qui est là?

« C'est le petit chaperon rouge, répondit le loup d'une voix contrefaite. Ma mère t'envoie un gâteau et une bouteille de vin.

— Regarde sous le seuil, dit la grand'mère, tu y trouveras la clef. »

Il la trouva en effet, ouvrit la porte, et avala d'un coup la pauvre vieille, puis ayant pris les vêtements qu'elle avait coutume de porter, il s'étendit dans son lit.

Un instant après, voici venir le petit chaperon rouge tout étonné et inquiet de trouver la porte ouverte, car il savait avec quel soin sa grand'mère la fermait.

Le loup avait mis un grand bonnet sur sa tête, et l'on ne voyait qu'une partie de sa figure, mais ce qu'on en voyait était assez effrayant.

« Ah ! grand'mère, dit le petit chaperon rouge, pourquoi as-tu de si grandes oreilles ?

— C'est pour mieux t'entendre, mon enfant.

— Ah ! grand'mère, pourquoi as-tu de si grands yeux ?

— C'est pour mieux te voir.

— Ah ! grand'mère, pourquoi as-tu de si grands bras ?

C'est pour mieux t'embrasser.

— Ah ! grand'mère, pourquoi as-tu une si grande bouche, et de si longues dents ?

— C'est pour mieux te croquer. »

A ces mots, le loup se jeta sur le chaperon rouge et l'avala.

Comme il était alors pleinement rassasié, il s'endormit, et, dans son sommeil, il ronflait d'une façon formidable. Un chasseur passant par hasard près de la maisonnette et entendant ce ronflement extraordinaire se dit : « La pauvre vieille a peutêtre le cauchemar, peut-être est-elle bien malade, il faut que je voie si je puis l'assister quelque peu.»

Il entre et découvre le loup étendu dans le lit : « Ah ! mon gaillard, dit-il, voilà longtemps que je te cherche. »

Puis il arma son fusil, mais soudain se ravisant : « Non, non, dit-il, je ne vois pas la maîtresse du logis. Peut-être le monstre l'a-t-il engloutie toute vivante. » Alors au lieu de lancer une balle à l'animal sauvage, il prit un couteau de chasse, et lui ouvrit habilement le ventre. Aussitôt apparut le

petit chaperon rouge qui sauta lestement par terre
en s'écriant : « Ah ! le vilain endroit où j'étais ren-
fermé. » La grand'mère sortit aussi, bien contente
de revoir le jour.

Le loup continuait à dormir d'un profond sommeil, le chasseur lui mit deux grosses pierres dans
le ventre, puis lui recousit la peau et se cacha
avec la grand'mère et le petit chaperon rouge pour
voir ce qui allait arriver.

Un instant après, le loup se réveilla tourmenté
par la soif et se leva pour aller boire à l'étang. En
marchant, il entendait les pierres s'entre-choquer
dans son ventre et il n'y comprenait rien. Leur
poids l'entraîna dans l'étang et il se noya.

Le chasseur le dépouilla de sa peau, et mangea
la galette et but la bouteille de vin avec la bonne
aïeule et sa petite-fille. La vieille femme se sentait
toute ragaillardie, et le petit chaperon rouge pro-
mettait bien de ne plus s'arrêter dans la forêt,
quand sa mère le lui aurait défendu.

LE PÉRIL DE LA FORTUNE

Légende alsacienne.

Un soir, Notre-Seigneur Jésus-Christ, voyageant
en Alsace, se trouva surpris par la nuit à l'entrée
d'un village. Il chercha d'ici de là une maison où
il pourrait demander un refuge, mais déjà toutes
les portes étaient fermées, tous les feux éteints,
tous les habitants endormis. Seulement à l'extrémité d'une ruelle obscure, résonnait le bruit du
fléau avec lequel on battait le blé, et là brillait une
petite lumière. Notre-Seigneur se dirige de ce côté,
arrive près d'une grange, frappe à la porte. Un
paysan vient lui ouvrir :

« Voulez-vous bien, lui dit le bon Jésus, m'accorder un gîte pour cette nuit? Vous n'aurez point
à vous en repentir. »

Puis il ajoute :

« Tout le monde ici est déjà couché. Pourquoi donc travaillez-vous si tard ?

— Hélas ! répond le paysan, j'ai appris hier soir que j'allais être poursuivi par un impitoyable créancier, si je ne lui payais pas demain ce que je lui dois, et mes fils et moi nous nous sommes mis à battre le peu de blé que j'ai récolté pour le vendre au marché, et acquitter ma dette. Après cela, il ne nous restera plus rien, et je ne sais comment nous vivrons l'hiver. Mais à la garde de Dieu ! »

En prononçant ces paroles, le paysan essuyait la sueur de son front, et passait la main sur ses yeux pleins de larmes.

Le Seigneur eut pitié de lui et lui dit :

« Ne vous découragez pas, brave homme. En vous demandant l'hospitalité, je vous ai annoncé que vous ne vous repentiriez pas de me l'avoir accordée. Je vais vous le prouver. »

Il saisit la lampe suspendue à une des poutres de la grange et l'approcha d'une gerbe.

« Que faites-vous ? s'écrièrent avec effroi les travailleurs, vous allez tout brûler. »

Mais, au même instant, de la paille qu'ils tremblaient de voir s'enflammer, de chaque épi descendit une pluie de grains prodigieuse. Les paysans, à la vue de ce miracle, tombèrent à genoux émerveillés.

« Parce que tu as été charitable, dit Jésus-Christ

4

au paysan, parce que tu as reçu dans ta pauvreté
l'étranger qui venait à toi comme un pauvre mendiant, tu seras récompensé. C'est le Seigneur qui
est entré dans ta grange ; c'est le Seigneur qui
t'enrichit. »

A ces mots, il disparut.

Et la pluie de grains ne cessa de tomber toute la
nuit dans la grange et dans la cour, et le lendemain elle formait un monceau de blé aussi haut
que l'église.

Le paysan paya ses dettes, acheta des terres et bâtit une belle maison. Il était riche, et il devint orgueilleux, méchant, dur envers le pauvre monde. Lui et ses fils prirent des habitudes de luxe, se livrèrent à toutes sortes d'excès et de mauvaises habitudes, si bien qu'ils finirent par se ruiner, et comme ils avaient été si mauvais dans leur prospérité, ils ne trouvèrent aucune considération et aucun appui dans leur détresse. Un soir, le vieux paysan ayant bu outre mesure, entra dans sa grange, et se rappelant le miracle qui l'avait enrichi, s'imagina qu'il pourrait le reproduire. Il prit sa lampe, l'approcha d'une gerbe, mit le feu à cette gerbe, et sa maison et tout ce qui lui restait fut incendié, et il mourut dans la misère.

LES TROIS DONS DE L'ERMITE

Conte allemand.

Dans une petite bourgade vivait un honnête tailleur qui avait trois fils. L'aîné s'appelait Georges; le second, Isidore; le troisième, Félix. Tous trois prirent différents métiers, et l'un après l'autre quittèrent la maison paternelle pour s'en aller selon la coutume finir leur apprentissage en travaillant dans divers ateliers. D'abord Georges partit. Il était assez bon menuisier. Mais en vain le long de la route, dans les villes et les bourgs, il demandait de l'ouvrage. Nulle part il ne pouvait en obtenir, et sa petite bourse était bien près de s'épuiser, et il cheminait tristement lorsque tout à coup, au milieu d'une forêt, il vit devant lui un petit homme vieux, de bonne mine, qui lui dit :

« Où vas-tu, mon garçon. Il me semble que tu as des chagrins. Peux-tu me les confier?

— Voilà longtemps, répondit Georges, longtemps que je voyage sans pouvoir me procurer du travail. Je n'ai bientôt plus d'argent. C'est là ce qui m'inquiète.

— Quel est ton métier?

— Je suis menuisier.

— Ah! s'écria gaiement le vieillard, c'est bien mon affaire. Viens avec moi, je te donnerai de la besogne. Viens, je demeure dans cette forêt. Tu seras content de moi. »

Georges accepta avec empressement cette invitation. Après avoir fait quelques centaines de pas, il arriva en face d'une belle maison entourée d'une ceinture de verts sapins. Le vieillard l'introduisit dans une chambre bien meublée et bien chauffée. Une bonne petite vieille qui était là assise derrière le poêle, se leva pour aider le jeune artisan à se débarrasser de son sac de voyage. Puis elle apporta sur la table du pain, du vin, des mets appétissants. Le vieillard invita le jeune menuisier à souper et causa amicalement avec lui toute la soirée.

Le lendemain Georges se mit à la besogne. Il était actif et habile. Il aimait sa profession. De plus il désirait complaire au solitaire de la forêt qui lui témoignait beaucoup de bonté, et il se conduisait si sagement qu'on ne pouvait lui faire aucun reproche.

Au bout de quelques mois, le vieillard lui dit :

« Mon brave garçon, je n'ai plus besoin de tes services, et je ne puis payer ton travail avec de l'argent, mais je te ferai un présent qui vaudra mieux pour toi que l'or et l'argent. Prends cette petite table et emporte-la avec toi. Chaque fois que tu lui diras : « Petite table, couvre-toi, » à l'instant même, tu verras apparaître devant toi tout ce qui est nécessaire pour faire un bon repas. Et maintenant, adieu. N'oublie pas le vieil ermite de la forêt. »

Georges quitta à regret cette maison où il avait passé de si heureux jours. Cependant il se réjouissait de posséder sa table magique, et il se mit en route pour retourner dans son pays. Pendant son voyage, chaque fois qu'il avait faim, il prononçait les paroles que le vieillard lui avait enseignées. Aussitôt la table se couvrait d'une belle nappe blanche, et sur cette nappe il voyait apparaître cuillère, fourchette, couteau, pain délicat, vin fortifiant et plusieurs mets exquis. Il ne s'arrêtait dans les auberges que pour y coucher et n'avait à payer que son lit. Un soir, à sa dernière station, il s'était, selon sa coutume, enfermé dans sa cham

bre pour commander son souper. L'hôte l'observait par le trou de la serrure, et voyant le prodige opéré par le jeune artisan, il résolut d'en user pour sa propre fortune. Le lendemain matin, il prit si bien ses arrangements qu'il remplaça la table merveilleuse par une table pareille.

Georges partit, sans se douter de cette trahison, et dès qu'il fut arrivé chez ses parents :

« Ah! s'écria-t-il gaiement, désormais, vous

n'aurez plus besoin de tant travailler, et vous n'aurez plus à craindre la disette. Voici un meuble qui pourvoira à vos besoins. Tenez : regardez. Puis se tournant vers la petite table, il dit : « Petite table, couvre-toi. » Mais en vain ; il répéta deux fois, trois fois, vivement, impérieusement ces paroles. La table qu'il avait apportée ne produisait rien.

« Ah ! mon pauvre Georges, si c'est là tout ce que tu as gagné pendant le temps que tu as passé loin de nous, je te plains, et pour réparer le temps perdu, tu feras bien de te mettre ici activement à l'œuvre. »

Georges baissa la tête tout confus. Il se rappelait bien pourtant les bons repas que sa table lui avait donnés, et il ne pouvait comprendre comment elle était devenue tout à coup stérile.

Cependant son frère Isidore, le meunier, voulut aussi voyager. Il passa par la même forêt, et rencontra le même petit vieillard qui le prit à son service, et l'employa pendant plusieurs mois dans un moulin qu'il venait de construire. Après, il lui dit :

« Tu as très-bien travaillé, et tu as eu une conduite parfaite. Pourtant il faut que je te congédie, car je n'ai plus besoin de tes services, et je ne puis te payer avec de l'argent, mais je te ferai un présent qui vaudra mieux pour toi que des sacs d'argent. Prends cet ânon. Chaque fois que tu lui diras : « Bon ânon, secoue-toi, » il éternuera et fera tomber à tes pieds des ducats. »

Isidore fit bien vite cet essai. L'ânon étendit le col, éternua, et de belles pièces d'or toutes neuves roulèrent par terre.

« Ah! quelle bénédiction, s'écria le jeune meunier en les ramassant; me voilà plus riche avec mon ânon que le seigneur de notre bourgade avec ses châteaux. »

Par malheur, en retournant dans son pays, il s'arrêta dans l'auberge où son frère avait passé la nuit. Il se fit servir là un bon repas, et lorsque l'hôtelier lui présenta la note de sa dépense :

« Attendez un instant, dit Isidore, je vais vous chercher de l'argent. »

Il prit une serviette, s'en alla à l'écurie, étendit la serviette par terre et dit :

« Bon ânon, secoue-toi. »

Le perfide aubergiste l'observait par une fissure de la porte, et le lendemain matin, lorsque le jeune meunier partit, il emmenait bien un ânon, mais ce n'était pas celui que l'ermite de la forêt lui avait donné. Celui-là, le méchant aubergiste l'avait pris. Isidore, qui ne se doutait point de cette friponnerie, arriva tout joyeux chez ses parents, et leur dit :

« Désormais, vous n'aurez plus besoin de travailler. Nous sommes riches, prodigieusement riches, regardez. »

Puis, se tournant vers son ânon :

« Mon bon ânon, dit-il, secoue-toi. »

Mais vainement; il répéta plusieurs fois ces paroles. L'ânon n'éternua pas et ne produisit pas le moindre ducat.

Son père lui dit :

« Ah! mon pauvre garçon, si tu n'as que cette chétive bête pour t'enrichir, je te conseille de te remettre au travail pour gagner ta vie. »

Isidore suivit docilement ce conseil.

L'année suivante, Félix, qui avait appris le métier de tourneur, voulut aussi faire son voyage. Il suivit la même route que ses frères, entra dans la même forêt et rencontra le même vieillard, qui l'emmena dans sa maison. Le jeune ouvrier travailla là bravement pendant plusieurs mois. Puis un jour l'ermite lui dit :

« Tu es un laborieux et honnête garçon; cependant il faut que nous nous quittions; je n'ai plus besoin de tes services, et je voudrais bien te faire un beau présent. Mais à quoi cela te servira-t-il si tu n'as pas plus d'esprit que tes frères; ils n'ont pas su garder ce que je leur avais donné. Prends pourtant un sac dans lequel j'ai mis un bâton.

Quand tu en auras besoin, tu n'auras qu'à crier :
« A l'œuvre ! le bâton. » Il te défendra, il frappera
jusqu'à ce que tu lui dises : « rentre dans le sac. »

Le tourneur remercia très-poliment le généreux
ermite, et se mit en marche pour retourner dans
la maison paternelle. Chemin faisant, il reconnut
l'efficacité de son bâton chaque fois qu'il était
harcelé par des gens de mauvaise mine, ou poursuivi par des chiens. Un soir, il arriva dans l'auberge où ses frères avaient été si indignement
trahis et volés. Après avoir soupé, il dit à l'hôtelier :

« Je vous confie ce sac, gardez-le-moi en un endroit sûr jusqu'à demain ; mais prenez garde de
dire, en y portant la main : A l'œuvre ! le bâton,
car vous le verriez agir d'une singulière façon. »

Mais le rapace aubergiste qui avait dérobé la
table du menuisier avec l'ânon du meunier, pensait que ce sac était encore un trésor magique,
et voulait s'en emparer. Dès qu'il se trouva seul,
il dit : « A l'œuvre ! le bâton ! » Aussitôt, voilà
le dur, noueux, massif bâton qui s'élance sur lui
et le frappe sur le dos, sur les épaules, à coups redoublés. L'aubergiste veut le fuir et court en gémissant d'un bout de la chambre à l'autre. Le bâton le suit et le frappe encore plus fort.

« Au secours ! » s'écrie le malheureux tout meurtri, et ne pouvant plus endurer son supplice. Le
jeune ouvrier s'approche et lui dit :

« Tu n'as que ce que tu mérites ; tu as volé la

table d'un de mes frères, l'ânon de l'autre, tu aurais encore volé ce bâton si tu l'avais pu.

— Grâce ! grâce ! s'écrie le larron tout tremblant, je n'en puis plus, je suis mort. Grâce ! je te rendrai ce que j'ai enlevé à tes frères, mais délivre-moi de cette torture. »

Ainsi fut fait. Félix remit le bâton dans le sac, prit la table et l'ânon magiques et rentra avec ces trésors dans la maison paternelle. On peut se figurer avec quelle joie il fut reçu. Les trois frères n'avaient plus envie de voyager. Ils restèrent avec leurs parents, et vécurent heureux.

CHANT D'UNE MÈRE PRÈS DU BERCEAU DE SON ENFANT

Poésie finlandaise

J'aime à chanter pour mon enfant; je cherche avec joie de douces paroles pour mon petit trésor. Faut-il lui répéter un chant de berceau, ou un chant de bergère que ma mère m'apprenait quand elle m'asseyait devant sa quenouille? Je n'étais pas alors plus haute que son rouet; je n'atteignais pas au genou de mon père.

Mais pourquoi redirais-je les chansons de ma grand'mère ou celles de ma mère? J'en ai moi-même composé plusieurs. Sur chaque sentier j'ai trouvé un mot; sur chaque bruyère j'ai pensé à un sujet; j'ai pris mes vers sur chaque branche de la forêt; je les ai recueillis sur chaque buisson.

La gélinotte est belle à voir sur la neige; l'écume de la mer est blanche sur le rivage. Plus beau est mon petit garçon, plus blanc est mon petit amour.

Le Sommeil est à la porte et demande : N'y a-t-il pas ici un doux enfant au maillot, un joli garçon dans son lit?

Viens, heureux Sommeil, près de son berceau ; enlace l'enfant, assoupis ses paupières.

Balançons, balançons le petit fruit des champs. Berçons la légère feuille des bois. C'est un enfant que je berce; c'est une couchette que je balance

Mais, hélas! combien celle qui lui a donné le jour sait peu si l'enfant qu'elle berce ainsi sera sa joie dans l'avenir, son soutien dans la vieillesse !

Non, jamais, malheureuse mère, tu n'es sûre d'avoir un soutien dans l'enfant que tu élèves.

Bientôt il sera loin. Il ira ailleurs avec ton espérance. Peut-être la mort s'emparera-t-elle promptement de lui! Peut-être sera-t-il soldat, exposé au tranchant du sabre, au feu du canon! Peut-être deviendra-t-il l'esclave des riches!

LE SUCCÈS PAR LA PERSÉVÉRANCE

Conte arabe.

« Celui qui cherche trouvera, » dit un vieux proverbe arabe, « et à celui qui frappe, la porte sera ouverte. » Je veux voir par moi-même, dit un jour un vaillant jeune homme, si cette maxime est vraie.

Avec cette résolution, il part pour Bagdad et va se présenter devant le vizir.

« Seigneur, lui dit-il, j'ai vécu plusieurs années d'une vie paisible et solitaire qui, par sa monotonie, me fatigue. Mon maître m'a plus d'une fois répété cet axiome : « Celui qui cherche trouvera, « et à celui qui frappe la porte sera ouverte. » J'ai pris une ferme décision. Je veux épouser la fille du calife. »

Le vizir congédia ce garçon, pensant qu'il était fou.

Le lendemain il le vit revenir, et le surlendemain, toujours avec la même ferme volonté; et, un matin, le calife entendit lui-même l'audacieux jeune homme exprimer sa résolution. Surpris d'une si étrange idée, et désirant s'amuser, Sa Hautesse lui dit :

« Qu'un homme distingué par son rang, par son courage, par sa sagesse, songe à épouser une princesse, cela peut paraître fort naturel. Mais vous, quels sont vos titres? Pour devenir le mari de ma fille, il faut que vous vous signaliez par quelque grande qualité ou par quelque étonnante entreprise. Écoutez : j'ai perdu, il y a longtemps, dans le Tigre, une escarboucle d'une valeur inestimable. Celui qui la retrouvera aura la main de ma fille. »

Le jeune homme, content de cette promesse, s'en va s'établir sur les bords du Tigre. Dès le matin, chaque jour, avec un petit vase, il puise de l'eau dans le fleuve, la verse sur le sable; puis, après avoir fait ce travail pendant des heures entières, s'agenouille et prie.

Les poissons, inquiets de sa persévérance et craignant qu'il ne parvînt à épuiser le fleuve, se réunissent en conseil.

« Quel est le but de cet homme? demande leur souverain.

— C'est de retrouver une escarboucle qui est tombée dans le Tigre.

— Alors, repond le vieux monarque, je vous conseille de la lui rendre, car je vois quelle est la persistance de sa volonté, et il épuiserait les dernières gouttes de notre fleuve, plutôt que de renoncer à son projet. »

Les poissons jetèrent l'escarboucle dans le vase du jeune homme, et il épousa la fille du calife.

LA JUSTICE DE CHARLEMAGNE

Légende suisse.

Quand Charlemagne était à Zurich, il fit annoncer, dans la ville et les environs, qu'à l'heure de ses repas, tous ceux qui auraient une plainte à lui adresser ou un acte de justice à lui demander, n'auraient qu'à sonner une cloche suspendue à une colonne devant sa demeure, à l'instant même ils seraient admis en sa présence.

Un jour que le magnanime empereur était à table avec ses vaillants chevaliers, la cloche retentit d'une façon inaccoutumée. Charlemagne ordonne à ses valets de faire entrer le nouveau solliciteur. Ils reviennent annoncer qu'ils n'ont vu personne. Cependant, la cloche retentit une seconde et une troisième fois encore plus fortement que la pre-

mière, et l'on ne voit encore personne. Mais, en y
regardant de plus près, un des valets distingue un
serpent qui se suspendait au cordon de la cloche
pour la faire vibrer. En apprenant quel étrange
pétitionnaire vient invoquer son secours, Charlemagne se lève et s'avance sur le seuil de la porte,
disant que, si l'occasion s'en présentait, il devait
rendre justice aux animaux tout aussi bien qu'aux
hommes. En face de l'éminent maître de tant d'É-
tats et de tant de peuples, le chétif reptile s'incline

avec respect, puis le regarde d'un air suppliant, se
met à ramper du côté du lac, et se retourne, après
avoir pris cette direction, pour voir si l'empereur
le suit.

Le bon empereur le suit pas à pas. Arrivé près
d'une cavité rocailleuse, le serpent s'arrête, et

Charlemagne découvre la grotte humide où l'infortuné serpent avait enfanté ses petits. Cette grotte était occupée par un animal monstrueux. Charlemagne le fait tuer, et le serpent rentre avec un frémissement de joie dans son gîte. Le lendemain, on le voit reparaître au palais, non plus cette fois pour implorer une équitable protection, mais pour témoigner sa gratitude à son bienfaiteur. Il se glisse dans la salle à manger, se lève à la hauteur de la table, et dépose dans la coupe impériale un diamant d'un éclat sans pareil.

LA GARNISON DE VILLAGE

Anecdote historique.

Pendant la guerre de Trente ans, le commandant espagnol Gonzalve de Cordoue, se trouvant dans le Palatinat, crut devoir s'emparer du village d'Ogersheim défendu par une fortification. A son approche tous les habitants s'enfuirent à Mannheim. Il ne resta dans l'enceinte de leurs remparts qu'un pauvre berger nommé Fritz, avec sa femme malade et un enfant qu'elle venait de mettre au monde.

Qu'on se figure l'angoisse de ce pauvre homme qui voyait arriver de terribles ennemis et ne pouvait comme ses concitoyens se soustraire à leur cruauté. Mais il était fin et courageux, et il s'avisa d'un stratagème avec lequel il espérait conjurer le péril qui le menaçait.

Après avoir embrassé sa femme et son nouveau né
il sortit pour mettre son projet à exécution, et dans
les bagages abandonnés par les fugitifs, il trouva
sans peine ce qu'il cherchait, c'est-à-dire un costume militaire complet. Il mit sur sa tête un casque énorme surmonté d'un haut plumet; à ses
pieds, de larges bottes auxquelles étaient attachés de
longs éperons; à sa ceinture un grand sabre, et une
paire de pistolets ; sur ses épaules un beau manteau d'officier.

Ainsi équipé, il s'avança sur les remparts au pied
desquels était le héraut qui sommait le village de se
rendre.

« Ami, lui répondit le vaillant berger, dites, je vous
prie, à votre général, que je n'ai nullement l'intention d'obtempérer à sa requête, mais que si je
pouvais m'y décider, ce ne serait qu'à la condition :
1° que la garnison sortira de cette forteresse avec les
honneurs de la guerre; 2° que la vie et la propriété
des habitants seront respectés ; 3° qu'ils conserve-
ront le libre exercice de leur religion. »

Le héraut répliqua que les Espagnols ne pourraient se soumettre à de tels arrangements, que la
population d'Ogersheim n'était pas en état de se
défendre, et que ce qu'elle avait de mieux à faire,
c'était de se rendre immédiatement.

« Mon ami, reprit tranquillement le berger, ne
soyez pas si vif. Dites, s'il vous plaît, à votre général, que le désir seul d'éviter l'effusion du sang peut
me déterminer à lui ouvrir les portes de cette ci-

tadelle, mais que s'il n'accepte pas les conditions
que je vous ai formulées, il n'entrera ici que par la
force de l'épée, car je vous le jure sur ma foi d'honnête homme et de chrétien, la garnison vient de
recevoir un renfort auquel certainement vous ne
pensez pas. »

En parlant ainsi, Fritz alluma sa pipe et se mit à
fumer nonchalamment comme un homme qui n'a
pas le moindre sujet d'inquiétude. Le parlemen
taire déconcerté par cet air de hardiesse et d'insou-
ciance, retourna près de son général et lui raconta
son colloque avec le commandant d'Ogersheim.
Après ce récit, Gonzalve pensa aussi qu'il pouvait
trouver là quelque résistance. Comme il ne se souciait
pas de perdre son temps devant une méchante bi-
coque, il résolut d'accepter les conditions qui lui
étaient imposées, et s'avança avec ses troupes vers
la porte de la forteresse. En apprenant par le héraut cette généreuse détermination, le berger lui
répondit flegmatiquement ? « Votre maître est
un homme sensé. » Puis il alla baisser le pont-
levis, ouvrit la porte et invita les Espagnols à
entrer.

Surpris de ne voir devant lui que le rustique
pâtre avec son accoutrement militaire qui lui donnait une mine grotesque, Gonzalve craignit une trahison et demanda où était la garnison.

« Si vous voulez bien me suivre, répondit Fritz,
je vous la montrerai.

— Marche à côté de moi, dit le général espagnol,

et je te préviens qu'au moindre indice de perfidie, je t'envoye une balle dans la tête.

— Très-bien, repartit le berger. Suivez-moi avec confiance. Je vous jure par tout de ce que j'ai de plus cher, que la garnison ne peut vous faire aucun mal. »

Il conduisit alors le général par plusieurs rues silencieuses et désertes, jusqu'au fond d'un carrefour et le fit entrer dans une chétive maison. Là, lui montrant sa femme :

« Voilà, lui dit-il, la meilleure partie de notre garnison, et lui montrant son nouveau né, voilà notre dernier renfort. »

Gonzalve voyant par quel singulier artifice il s'était laissé abuser, se mit à rire, puis détachant de son col une chaîne d'or qu'il posa sur le lit de la jeune mère, et tirant de sa poche une bourse pleine de ducats qu'il donna à Fritz :

« Permettez-moi, dit-il, d'offrir comme un témoignage de mon estime cette chaîne à la belle garnison, et à vous cette bourse pour votre jeune conscrit. »

Il embrassa ensuite la femme et l'enfant et sortit, Fritz le reconduisant à travers le village, et le remerciant avec une profonde émotion.

LA QUERELLE DIFFICILE

Un doux ermite nommé Antoine, vivait dans une cellule solitaire avec un autre ermite d'une nature moins pacifique qu'on appelait Frédéric.

Un matin Frédéric dit à son compagnon :

« En vérité, nous avons ici une triste existence.

— Comment donc, répondit le bon Antoine. Ne devons-nous pas nous réjouir des grâces que le ciel nous a faites et de la quiétude qu'il nous conserve. Nos prières à l'aube, à midi et au crépuscule, notre petit champ à cultiver, quelques livres édifiants à étudier, quelques pauvres gens qui viennent de temps à autre nous confier leurs peines en nous apportant leurs offrandes et qui s'en retournent consolés. la pensée que nous faisons ainsi un peu de bien, et l'espoir de faire aussi notre salut : que pouvons-nous désirer de mieux ?

— Cela est bel et bon, mais toujours la même chose, la même règle monotone, et la journée est si longue ! Pour nous distraire un peu, nous devrions nous disputer.

— Nous disputer ! grand Dieu ! Et pourquoi ? quelle raison de dispute peut-il y avoir entre nous ?

— On invente un prétexte qui n'a rien de sérieux et qui fait un instant diversion à l'uniformité de nos habitudes. Tenez : par exemple, je prends cette

brique et je vous dis : cette brique est à moi ; vous me répondez qu'elle n'est pas à moi. Je persiste dans mon opinion, vous défendez la vôtre et cela nous amuse.

— Soit, dit tranquillement Antoine, si cela peut vous plaire, j'y consens.

— Regardez cette brique, s'écrie alors Frédéric; elle est à moi.

— Non, elle n'est pas à vous.

— Elle est à moi, j'en suis sûr.

— Si vous en êtes sûr, réplique le pacifique Antoine, je ne puis essayer de vous la contester; je vous l'abandonne. »

L'HISTOIRE DE CENDRILLON

Comme on la raconte en Allemagne.

Un bon homme étant devenu veuf crut devoir se remarier. De son second mariage, il eut deux filles qui n'étaient ni belles, ni spirituelles, mais très-orgueilleuses et très-envieuses. De son premier mariage, il en avait une qui était la plus douce, la plus gracieuse, la plus charmante créature du monde. Ses sœurs, jalouses d'elle, la traitaient cruellement. Sa mère la rudoyait aussi sans pitié, et son père n'osait la défendre. Elle faisait dans la maison l'office de servante, se levant tôt, se couchant tard, et tout le jour continuant la plus rude besogne, tandis que ses vilaines sœurs se paraient et allaient se promener. Lorsqu'elle avait fini sa tâche, souvent elle s'asseyait en silence dans les

cendres du foyer. Ses sœurs pour se moquer d'elle
l'appelaient Cendrillon.

Un jour le père allant à la foire demanda à ses
filles ce qu'il devait leur rapporter. L'une d'elles
dit qu'elle voulait avoir de riches vêtements ; l'autre, des perles ou des diamants. Quand vint le tour
de Cendrillon, elle pria son père de lui rapporter
une branche de coudrier.

Au retour de son père, pendant que ses sœurs

se pavanaient dans leurs nouvelles parures, Cendrillon alla planter la branche de coudrier sur le
tombeau de sa mère, chaque jour elle l'arrosait de
ses larmes. La petite branche grandit rapidement,
et lorsque la tendre jeune fille allait s'agenouiller
sur la tombe de sa mère, un oiseau blanc venait
se poser sur un des rameaux du coudrier et la regardait avec pitié.

Il arriva que le roi donna une grande fête, à laquelle il fit inviter toutes les jeunes filles du pays, pour que son fils choisît parmi elles une fiancée. Ce jour-là, les sœurs de Cendrillon passèrent de longues heures à leur toilette. La douce Cendrillon les aida elle-même à s'habiller et de ses mains délicates natta leurs cheveux. Elle avait envie aussi, la pauvrette, de voir ce bal du roi dont on parlait tant. Mais personne ne songeait à l'y conduire, et quand elle se hasarda à exprimer son désir, on se moqua impitoyablement d'elle ; on lui demanda comment elle oserait se présenter dans le palais du roi, n'ayant qu'une vieille robe grise, et point de souliers. Sa belle-mère prit une terrine pleine de lentilles, et les jetant dans les cendres :

« Tiens, lui dit-elle, si dans deux heures tu peux retrouver et ramasser toutes ces lentilles, nous t'emmènerons avec nous au bal. »

Cendrillon s'en alla au jardin, et invoqua le secours de son ami l'oiseau du coudrier et celui des autres oiseaux du voisinage. Aussitôt ils accoururent en battant des ailes et se mirent à l'œuvre, et en un instant ils avaient très-proprement tout remis dans la terrine.

Sa belle-mère, furieuse de voir cette tâche difficile si vite accomplie, versa dans les cendres deux terrines de millet et ordonna à sa belle-fille de recueillir en deux heures tous ces grains menus. Les oiseaux se mirent encore à l'œuvre et l'eurent bientôt achevée. Mais la méchante belle-mère ne voulait pas tenir sa promesse.

« Comment voulez-vous, dit-elle à Cendrillon, que je vous conduise au palais du roi? Vous êtes trop mal vêtue, et vous avez trop mauvaise façon. »

A ces mots, elle partit avec ses deux filles couvertes de soie et de dentelles. Cendrillon alla s'asseoir toute triste au pied du coudrier, et elle entendit la voix de son fidèle oiseau qui lui disait :

> Ah ! cher enfant, dis-moi,
> Que ferai-je pour toi ?

Et Cendrillon répondit :

> Si ce que je veux n'est pas mal
> Je voudrais bien aller au bal.

Aussitôt des rameaux de l'arbre elle vit tomber une robe superbe, des bas fins, des petits souliers en or. Elle s'habilla avec une joie d'enfant et se rendit au bal. Elle était si belle, si belle et si admirablement parée qu'elle émerveilla tout le monde. Sa belle-mère et ses sœurs ne la reconnurent pas. Le fils du roi ne dansa qu'avec elle, et lorsqu'elle se retira, il voulait la suivre, mais elle s'enfuit prestement, déposa sous le coudrier ses vêtements qui au même instant disparurent, puis elle alla reprendre sa place habituelle dans les cendres du foyer.

Quelques jours après, nouveau bal dans le palais

du roi. Cendrillon y alla, belle comme la première
fois, et le prince fut uniquement occupé d'elle
toute la soirée. A un troisième bal on la vit encore, mais cette fois, en s'en allant, elle perdit un
de ses petits souliers. Le prince le ramassa et fit
annoncer par des hérauts au son des trompettes
qu'il épouserait la personne qui pourrait mettre

son pied dans cette chaussure extraordinaire, et il
partit pour s'en aller de maison en maison chercher ce phénomène.

Il le chercha longtemps sans pouvoir le trouver.
Toutes les jeunes filles auxquelles il présentait le
petit soulier essayaient en vain d'y faire entrer leur
pied. Les deux sœurs de Cendrillon firent aussi
vainement le même effort. Le prince leur dit :

« N'avez-vous pas une sœur?

— Oui, répondit la belle-mère, mais nous n'osons vous la présenter ; elle est trop sale.

— Je désire pourtant la voir, » répliqua le prince.

Il fallut obéir. On appela Cendrillon, qui apparut, charmante malgré la grossièreté de ses vêtements, et chaussa sans la moindre difficulté le mignon soulier.

« Ah ! s'écria le prince, c'est ma ravissante danseuse. C'est elle que j'épouserai. »

Bientôt les noces furent célébrées pompeusement. Cendrillon se rendit à l'église avec une couronne d'or. Ses sœurs l'accompagnaient avec une monstrueuse pensée de haine et d'envie. L'oiseau du coudrier leur creva les yeux avec son bec. Ainsi elles furent punies de leur méchanceté.

LE JOUEUR DE VIOLON

Jadis les habitants de Gmund, en Souabe, con-
struisirent une magnifique église à sainte Cécile,
patronne des musiciens.

Des lis d'argent brillaient comme les rayons de
la lune autour de la sainte; des roses d'or, comme
la pourpre de l'aurore, décoraient son autel.

Elle était revêtue d'une robe d'argent, et portait
à ses pieds des souliers d'or fin; car alors, c'était
encore le bon temps;

Le temps où, non-seulement dans la contrée allemande, mais au delà des mers, les joailliers de
Gmund étaient renommés pour leur travail.

Une quantité de pèlerins se rendaient à la chapelle de sainte Cécile, et là résonnaient des hym-
nes mélodieux.

Un jour arrive un pauvre joûeur de violon, aux joues pâles, au corps amaigri. Il a longtemps marché; il est las, et n'a dans sa besace ni pain, ni argent.

Il entre dans l'église et joue de son instrument. La sainte est émue de ses accords, touchée de sa misère.

Elle fait un mouvement, elle s'incline, détache un de ses souliers d'or, et le jette dans les mains du pauvre ménétrier.

Ivre de joie, il s'élance en chantant hors de l'église, et court chez un bijoutier pour y échanger son trésor contre des ducats.

Mais, à peine l'orfévre a-t-il vu le soulier, qu'il arrête comme un voleur l'innocent musicien et le conduit devant le juge.

Le procès est bientôt achevé. Le crime est évident. Le coupable est condamné à mort.

La cloche des trépassés résonne, et un nombreux cortége se met en marche. On entend retentir les chants funèbres des moines, et par-dessus tout le violon du condamné.

Car il a demandé comme une dernière grâce à garder son violon et à le faire vibrer jusqu'au dernier moment.

Et lorsqu'on arriva devant la chapelle de sainte Cécile :

« Laissez-moi entrer là encore une fois, dit-il; laissez-moi jouer ma dernière mélodie. »

Sa prière est exaucée. Il entre, il se prosterne

au pied de l'autel, et d'une main tremblante fait mouvoir son archet.

La sainte, émue de sa douleur, s'incline, détache son autre soulier d'or, et le jette dans les mains du pauvre musicien.

Une foule nombreuse assiste à ce miracle, et chacun voit comme la sainte protége les musiciens du peuple.

On entoure l'artiste ambulant, on le couronne de fleurs; on le conduit en triomphe à l'hôtel de ville, et les magistrats lui font servir un banquet solennel.

LA CRÉATION DE L'HOMME

Légende des Peaux-Rouges de l'Amérique du nord.

Le Grand-Esprit s'étant placé sur un point élevé, prit de la terre entre ses doigts, la sécha, puis souffla dessus, et devant lui apparut l'homme blanc.

Le Grand-Esprit fut attristé, car il n'avait pas fait ce qu'il voulait faire. L'homme était blanc et paraissait faible et maladif. Le Grand-Esprit lui dit :

« Tu n'es pas ce que je désire, je pourrais te faire rentrer dans la poussière d'où je t'ai arraché. Mais je te laisse la vie. Mets-toi un peu de côté. »

Ayant ainsi parlé, il prend encore de la terre entre ses doigts, la sèche, puis souffle dessus, et devant lui apparait l'homme noir.

Le Grand-Esprit fut attristé. Cet homme était

noir et laid. Il lui dit de se mettre aussi de côté,
prit encore de la terre, souffla dessus, et cette fois
apparut l'homme rouge. Le Grand-Esprit alors sourit, et en ce moment le ciel s'ouvrit et on en vît
descendre graduellement jusqu'à terre trois boîtes.

Le Grand-Esprit se tournant vers les hommes
qu'il venait de créer, leur dit :

« C'est à moi que vous devez tous trois la vie ;
mais l'homme rouge est seul mon favori. Cependant chacun de vous doit avoir sa place et sa tâche
particulière en ce monde. Ces trois boîtes renfer-
ment les ustensiles que vous employerez à vous
procurer votre subsistance. Homme blanc, tu n'es
pas mon favori, mais c'est toi que j'ai formé le
premier ; ouvre ces boîtes, et choisis. »

L'homme blanc fit ce qui lui était commandé, et
s'écria :

« Je prends celle-ci. »

Elle était remplie de papiers, de plumes et de
divers autres petits objets.

« Homme noir, dit le Grand-Esprit, tu as été créé
le second, mais tu n'auras dans ce monde que le
troisième rang. »

Puis se tournant vers l'homme rouge :

« Regarde, lui dit-il avec un affectueux sourire,
et choisis.

— Je prends cette boîte, » répliqua l'homme
rouge.

Elle était remplie d'arcs, de flèches et de divers
ustensiles de chasse et de guerre.

La troisième boîte abandonnée au nègre renfermait des haches et des hoyaux, ce qui faisait voir que l'homme noir devait travailler pour l'homme blanc et pour l'homme rouge.

LA CHANSON DU GAZON

Poésie américaine.

Je vais croissant, croissant partout, sur les bords de la route poudreuse, sur les flancs de la colline, sur les rives du ruisseau bruyant, sous les rameaux des bois.

Je vais croissant partout, partout autour de la porte ouverte où s'assoit le pauvre vieillard, où les enfants s'amusent, par un beau jour de mai.

Je vais croissant, croissant partout dans les rues de la tumultueuse cité, récréant, par ma verdure, les regards du malade et ceux du laborieux artisan.

Je vais croissant, croissant partout. Vous ne me voyez pas venir; vous n'entendez pas ma voix légère; je m'avance dans l'ombre des nuits et à la lueur de l'aube.

Je vais croissant, croissant partout dans les riantes heures de l'été. La génisse me préfère aux fleurs, et l'oiseau est content de me voir.

Je vais croissant, croissant partout. Sur le sol où reposent les morts, je grandis en silence, je décore au printemps leurs fosses humides, leur étroite et muette demeure.

Je vais croissant, croissant partout. Je chante les louanges de Dieu qui me fit naître, qui m'ordonna de parer la terre et de croître partout, partout.

LE ROI DES MÉTAUX

Il y avait une fois une veuve nommée Marie-Jeanne, qui avait une fille très-belle nommée Flora. La veuve était une humble brave femme ; la fille au contraire très-hautaine. Beaucoup de jeunes gens s'étaient présentés pour l'épouser. Aucun ne lui convenait, et plus le nombre de ses prétendants s'accroissait, plus elle montrait de dédain.

Une nuit la mère s'étant réveillée et ne pouvant se rendormir prit son rosaire et se mit à prier pour sa fille dont l'orgueil l'inquiétait. Flora était couchée près d'elle et souriait dans son sommeil.

Le lendemain Marie-Jeanne lui dit :

« Quel beau rêve as-tu donc eu qui te faisait rire dans ton sommeil ?

— J'ai rêvé qu'un seigneur me conduisait à l'église dans un carrosse en cuivre et me donnait un anneau entouré de petites pierres qui brillaient comme des étoiles, et lorsque j'entrais à l'église, les gens qui étaient là ne regardaient que la Mère de Dieu et moi.

— Ah! quel rêve orgueilleux! » s'écria la veuve en secouant la tête.

Flora se mit à chanter. Ce jour-là même, un jeune paysan d'un bon renom vint la demander en mariage. Ce prétendant plaisait à la mère, mais la fille lui dit :

« Quand même tu viendrais me chercher avec un carrosse en cuivre, et quand tu me donnerais un anneau brillant comme les étoiles, je ne voudrais pas de toi. »

La nuit suivante, de nouveau Marie-Jeanne s'éveillant se mit à prier et vit Flora qui souriait dans son sommeil.

« Quel rêve as-tu donc encore fait? lui dit-elle le lendemain.

— J'ai rêvé qu'un seigneur venait me chercher avec un carrosse d'argent et me donnait un bandeau en or, et lorsque j'entrais dans l'église, les assistants étaient plus occupés de moi que de la Mère de Dieu.

— O pauvre enfant, s'écria Marie-Jeanne, quel rêve impie! Prie, prie pour te préserver de la tentation.»

Flora sortit pour ne pas entendre la remontrance de sa mère.

Ce jour-là un jeune gentilhomme vint la demander en mariage. La mère considérait cette proposition comme un grand honneur, mais Flora dit à ce nouveau prétendant :

« Quand même vous viendriez me chercher avec un carrosse en argent et un bandeau en or, je ne voudrais pas de vous.

— Malheureuse! s'écria Marie-Jeanne, renonce à ton orgueil. L'orgueil conduit en enfer. »

Flora se mit à rire.

La troisième nuit, sa mère de nouveau s'éveillant, lui vit une expression de figure extraordinaire et de nouveau pria pour elle.

Le lendemain sa fille lui dit :

« J'ai rêvé qu'un seigneur venait me chercher avec un carrosse en or et me donnait une robe en or, et quand j'entrai à l'église, tous les assistants ne regardaient que moi. »

La mère pleura amèrement. La fille s'enfuit pour ne pas voir ses pleurs.

Ce jour-là, dans la cour de sa maison, on vit entrer trois voitures ; l'une en cuivre, l'autre en argent, la troisième en or. La première était attelée de deux chevaux ; la seconde, de quatre ; la troisième, de huit. De la première et de la seconde descendirent des pages avec des culottes rouges et des bonnets verts ; de la troisième descendit un beau seigneur dont les vêtements étaient d'or. Il demanda à épouser Flora. Aussitôt elle accepta et courut dans sa chambre pour se parer de la robe d'or qu'il lui avait apportée.

La bonne Marie-Jeanne était pourtant inquiète, mais Flora avait la figure radieuse. Elle sortit de sa demeure sans demander la bénédiction maternelle, et entra d'un air superbe dans l'église. La mère resta sur le seuil priant et pleurant.

Après la cérémonie, Flora monta avec son époux dans le carrosse en or, et ils partirent suivis de deux autres carrosses.

Ils allèrent bien loin, bien loin, et enfin arrivèrent à un rocher où il y avait une grande ouverture comme la porte d'une ville. Ils entrèrent par cette porte qui aussitôt se referma sur eux avec un bruit terrible, et ils se trouvèrent dans une profonde obscurité. Flora avait peur, mais son mari lui dit :

« Rassure-toi; bientôt tu verras des lumières. »

En effet, de tous côtés apparurent avec leurs culottes rouges et leurs bonnets verts ces petits nains qui habitent les cavités des montagnes. Ils portaient des torches enflammées, et s'avançaient à la rencontre de leur maître, le roi des métaux.

Ils se rangèrent autour de lui et l'escortèrent à travers de longues vallées et de longues forêts souterraines. Mais, chose singulière, tous les arbres de ces forêts étaient en plomb.

De là, le cortège arriva dans une magnifique prairie, au milieu de laquelle s'élevait un château en or parsemé de diamants.

« Voilà, dit le roi des métaux, votre domaine »

Et l'orgueilleuse Flora contempla avec joie toutes ces magnificences.

Cependant elle était fatiguée et avait faim. Les nains préparèrent le dîner, et son mari la conduisit à une table d'or. Mais tous les mets qui lui furent présentés étaient en métal. Flora n'ayant pu y goûter se trouva réduite à demander humblement un morceau de pain. Les valets aussitôt lui apportèrent du pain de cuivre, puis du pain d'argent, enfin du pain d'or. Ni à l'un ni à l'autre elle ne pouvait mordre.

« Je ne puis, lui dit son époux, vous donner la nourriture que vous souhaitez; ici nous n'avons pas d'autre pain. »

La jeune femme alors se mit à pleurer, et le roi lui dit :

« Vos larmes ne changeront rien à votre destinée; cette destinée, c'est vous-même qui l'avez voulue. »

La malheureuse Flora fut obligée de rester dans sa demeure souterraine, souffrant de la faim par la passion qu'elle avait eue pour l'or.

Une fois par an seulement, à Pâques, il lui est permis de monter pendant trois jours à la surface de la terre et alors elle s'en va dans les villages, quêtant de porte en porte un morceau de pain.

LE PIEUX RABBIN

Légende hébraïque.

Près de Damas, dans une pauvre maison de village, loin de ses frères, dans la retraite et dans le
silence, vivait un vieux rabbin. Toute sa journée
se passait à méditer sur les lois de Dieu, à se créer
des pénitences, à s'imposer des jeûnes, à chercher
dans ses livres aimés les meilleurs enseignements
religieux. Un jour, dans une page d'un de ses livres, il croit voir flamboyer le regard du Seigneur
courroucé, et l'angoisse s'empare de son âme.

La fête de Pâques approche avec ses joies de printemps. Le pieux rabbin se hâte de mettre sur la
table le pain bénit, attendant qu'un convive vienne
le partager, car la loi dit : « Tu accompliras les
devoirs d'hospitalité. » Mais personne ne vient. Le

rabbin pleure, se frappe la poitrine, s'agenouille sur le seuil de sa porte, puis sort pour chercher lui-même le convive auquel il donnera la boisson et la nourriture. Tout à coup il aperçoit un pauvre vieux mendiant qui marche avec peine, courbé sur son bâton. Il s'approche de lui, le salue, lui donne le baiser de paix et l'invite à entrer dans sa demeure. Là, il s'empresse de le servir, il lui apporte de l'eau pour laver ses mains et ses pieds, puis il lui fait boire son meilleur vin et lui donne son propre lit.

Le lendemain le vieillard se prépare à partir en exprimant à son généreux hôte toute sa reconnaissance. Le rabbin l'arrête et lui dit :

« Voyageur que le ciel m'envoie, sois assez bon pour passer encore un jour et une nuit dans ma maison. »

Le vieux mendiant qui a été là si bien traité se rend sans peine à cette prière. Mais au milieu de la nuit, le rabbin se lève, s'avance vers lui, armé d'un gros bâton noueux et le frappe à coups redoublés.

« Barbare ! s'écrie le pauvre vieillard tout meurtri et tremblant, que t'ai-je fait pour que tu remplisses ainsi envers moi les devoirs de l'hospitalité?

— Pardon, pardon, » lui dit avec un accent d'humilité et de componction le rabbin, puis il lui baise les mains, et se met à panser ses blessures, et jour et nuit veille sur lui avec une touchante sollicitude.

Le vieillard étant, par tous ces bons soins, complétement guéri se dispose de nouveau à partir. De nouveau le rabbin lui dit :

« Voyageur que le ciel m'envoie, sois assez bon pour passer encore un jour et une heure dans ma maison. »

La nuit suivante, de nouveau il se lève et s'approche du lit du mendiant, non plus cette fois avec un bâton pour le meurtrir, mais avec une hache pour le tuer. Le vieillard cependant éveillé en sursaut lui arrache des mains l'arme meurtrière, et lui dit :

« Quelle est donc ta folie ? Tu engages l'étranger à s'asseoir amicalement à ton foyer, puis tu le bats, puis tu veux le tuer ! »

Le rabbin le regarde tout effaré et lui dit :

« Écoute et pardonne. Ce que j'ai fait, c'était pour obéir au livre de la loi qui nous recommande trois devoirs principaux : pratiquer l'hospitalité, soigner les malades, ensevelir les morts. Tu entres dans ma demeure, et je remplis le devoir d'hospitalité. Mais je n'avais pas de malade à soigner, et pour que tu fusses malade, je te frappai avec un lourd bâton. Je n'avais point de mort et je voulais te tuer. O malheur, je sens que mon dernier jour est venu, et je n'ai pu remplir le dernier des trois commandements. »

A ces mots, il pâlit, s'affaisse et tombe. Un ange descend près de lui, délivre son âme des liens de ce monde, et s'écrie :

« Mortels insensés, le Seigneur vous a écrit ses saintes lois au fond du cœur et vous les cherchez dans les livres obscurs. Vous courez après la lumière trompeuse de la terre et vous ne voyez pas la lumière céleste qui luit sur votre tête. »

L'ÉGLISE DE FALSTER

Il y avait autrefois à Falster, en Danemark, une femme très-riche qui, n'ayant ni fils, ni fille, ni neveu, ni nièce, résolut d'employer son riche héritage à une œuvre pieuse. Elle fit bâtir une magnifique église. Quand cet édifice fut achevé, elle alla s'y agenouiller, et, joignant les mains, pria Dieu de la faire vivre aussi longtemps que les murailles de ce sanctuaire subsisteraient. La mort frappa autour d'elle ; la mort lui enleva successivement tous ses parents, ses amis. Elle vit tomber tous les gens de son âge ; elle vit les enfants grandir, vieillir et mourir. La pauvre femme, qui avait fait un vœu si imprudent, ne pouvait mourir. Mais elle veillissait lentement, toute seule. Elle vieillissait de telle sorte, qu'elle finit par perdre complétement

l'usage de ses sens. Elle ne mangeait plus qu'une
fois par an, à minuit, à la fête de Noël. Alors, elle
se fit mettre dans un cercueil et porter à l'entrée
de la nef de son église. Elle est là toute l'année, im-

mobile et muette. Mais le jour de Noël elle recou-
vre la parole. Le prêtre s'approche d'elle, et lentement, péniblement, elle se soulève dans son cercueil,
puis elle dit :

« Mon église subsiste-t-elle encore ?.

— Oui, répond le prêtre.

— Hélas ! » murmure-t-elle.

Puis elle retombe en gémissant dans sa couche funèbre.

SOUVENIR D'ENFANCE

Poésie danoise, par Baggesen.

Il fut un temps où j'étais très-petit. Je n'avais pas trois pieds de hauteur. Lorsque je songe à ce temps de bonheur, mes larmes coulent, et j'y songe souvent.

Je jouais dans les bras de ma mère; je galopais à cheval sur les genoux de mon aïeul, et je ne connaissais ni trouble, ni souci, ni tristesse, pas plus que l'argent, le grec ou Galathée.

Il me semblait alors que notre monde était beaucoup moins grand, mais aussi beaucoup moins méchant. Je regardais les étoiles briller au-dessus de ma tête, et j'aurais voulu avoir des ailes pour aller les prendre.

Je regardais la lune s'incliner au bord de l'eau,

et je me disais : Que ne suis-je là ! Je pourrais en mesurer la largeur et voir comme elle est ronde et belle.

Je regardais le soleil se coucher à l'occident, au sein des vagues dorées de la mer, et le matin se relever d'un autre côté pour éclairer le ciel.

Et je pensais à un Dieu tout-puissant qui m'a créé, moi et ce beau soleil, et toutes ces planètes qui brillent d'un pôle à l'autre.

Mes lèvres d'enfant répétaient avec piété la prière que m'avait apprise ma mère : « O mon Dieu ! fais que je tâche toujours d'être sage, d'être bon et de t'obéir. »

Je priais pour mes parents, pour mes frères et sœurs, pour toute la ville, pour le roi, que je ne connaissais pas, et pour les mendiants que je voyais passer devant moi.

Ils ont fui, ils ont fui, les jours heureux de mon

enfance. Mon repos s'est enfui avec eux. Maintenant, il ne me reste plus que le souvenir de ce temps de joie. O Dieu, fais que je ne le perde jamais !

LA CATHÉDRALE DU ROI

Il y avait une fois un roi qui voulut bâtir une magnifique église. En vertu d'une sentence formelle, pas un autre que lui ne pouvait contribuer à cette construction. Nul de ses sujets n'avait le droit d'y employer le moindre denier. L'édifice fut achevé, large, élevé, superbe. Le roi y fit graver, sur une tablette de marbre, une inscription en lettres d'or qui disait que lui seul avait accompli cette œuvre, et que nulle autre personne n'y avait coopéré. Mais, dans la nuit, le nom du roi fut remplacé sur cette tablette par celui d'une pauvre femme du peuple. Le monarque fit refaire la première inscription, et la nuit suivante elle fut de nouveau changée. Une troisième fois le nom du roi y fut rétabli, et une troisième fois on le vit remplacé par celui de la pauvre femme. Alors, le roi crut reconnaître en ce fait étrange le doigt de Dieu, et envoya chercher la pauvre femme. Elle s'avança devant lui, toute confuse et tremblante,

« Tu sais, lui dit-il, que j'avais formellement défendu à qui que ce fût de contribuer à la construction de mon église. Réponds-moi franchement. As tu enfreint mes ordres ?

— Grâce ! répondit-elle en tombant à genoux ; grâce ! puissant souverain, je vous confesserai la vérité. Je suis une chétive ouvrière, bien pauvre. En filant tout le jour, je gagne à peine mon pain quotidien. Cependant, je possédais un denier et j'aurais voulu l'offrir à l'église de Dieu. Mais je craignais de manquer à tes prescriptions. Alors, avec mon denier, j'ai acheté un peu de foin, je l'ai jeté devant les bœufs qui charriaient les matériaux de la cathédrale, et les bœufs l'ont mangé. Voilà comment j'ai cru pouvoir faire mon offrande, sans faillir à ta volonté. »

Le roi, ému de ces paroles, vit combien cette humble ouvrière avait fait, dans son indigence, une plus pieuse et plus généreuse offrande que lui. Il se repentit de son orgueil, et récompensa libéralement la vertu de la pauvre femme.

LA LÉGENDE DE LA BLUMISALPE

EN SUISSE.

Il fut un temps où, sur cette montagne couverte maintenant de glaces éternelles, des essaims d'a-beilles produisaient un miel aromatique, où des vaches superbes, paissant toute l'année dans de gras pâturages, remplissaient d'un lait onctueux les seaux de la fermière, où le laboureur obtenait par un faible travail d'abondantes récoltes. Mais les habitants de cette terre féconde se laissèrent aveugler par l'éclat de leur fortune et égarer par l'orgueil, ce péché de Satan. Ils s'enivrèrent de la jouissance de leurs richesses ; ils oublièrent qu'à la possession des biens de ce monde est attaché un devoir, un rigoureux devoir d'hospitalité et de charité. Au lieu de faire un sage emploi de leurs trésors, ils ne s'en servirent que pour se plonger dans une indigne mollesse, ou dans des tourbillons de fêtes voluptueuses. Ils fermèrent leurs oreilles aux supplications des malheureux, chassèrent le pauvre du seuil de leurs demeures, et Dieu les punit.

Un de ces mauvais riches s'était fait construire, sur les pentes verdoyantes de la Blumisalpe, une maison splendide, pour y demeurer avec d'indignes compagnons. Le lait le plus pur était versé chaque matin dans des baignoires, et les escaliers des terrasses de ses jardins étaient faits, dit la légende, non pas avec des blocs de pierre, mais avec de bons et beaux fromages. Le Sardanapale des montagnes avait hérité de tous les domaines de son père, et,

tandis qu'il en faisait un tel usage, sa vieille mère, reléguée au fond de la vallée, vivait dans la misère.

La pauvre vieille ayant froid, ayant faim, vient un jour invoquer sa pitié, et il la repousse rudement. Elle lui dit qu'elle est faible et ne peut plus travailler, qu'elle est seule dans sa cabane, indigente sans secours, infirme sans appui. Elle le prie de lui accorder seulement les miettes de son festin, et un refuge dans ses étables, à côté de ses animaux, et il lui ordonne de se retirer. Elle lui montre ses joues ridées par la douleur plus encore que par l'âge, ses bras amaigris, ses bras qui l'ont porté quand il était petit, et il la menace de la faire chasser par ses domestiques.

Alors, elle s'éloigne, la malheureuse. Elle redescend dans sa cabane. Si cruel que soit l'outrage qu'elle vient de subir, elle ne peut maudire le fils qu'elle a enfanté, qu'elle a nourri et bercé. Mais, tandis qu'elle chemine d'un pied débile, le front baissé, des sanglots, qu'elle ne peut contenir, s'échappent de son cœur oppressé, et des larmes amères coulent de ses yeux. Dieu compte les larmes de la mère outragée.

A peine était-elle arrivée dans le vallon, que l'ouragan vengeur éclate. Le fils ignominieux voit son habitation frappée par la foudre, ses trésors, ses bestiaux consumés par les flammes. Lui-même ne peut échapper à ce feu du ciel. Il y périt avec ses honteux compagnons, et les champs, dont les produits ne servaient qu'à solder ses débauches, sont couverts d'une masse de neige qui ne fondra plus, et à la place où sa mère implorait vainement sa

compassion, l'ébranlement du sol a creusé un
abîme, et là où sont tombées les larmes de cette
mère désolée, on voit à présent tomber goutte à
goutte les larmes froides des glaciers éternels.

BLANCHE COMME NEIGE

Il y avait une fois une reine qui se désolait de n'avoir pas d'enfants. Un jour d'hiver, elle travaillait à une broderie attachée à un cadre d'ébène, et de temps à autre regardait les flocons de neige tombant sur le sol. Dans sa distraction, elle se piqua, et une goutte de sang jaillit de son doigt.

« Ah ! dit-elle, que je voudrais avoir une fille dont les lèvres seraient rouges comme ce sang, la peau blanche comme cette neige, les cheveux noirs comme ce bois d'ébène. »

Quelque temps après, ses vœux étaient exaucés. Elle devint mère d'une fille qui avait les lèvres rouges, les cheveux noirs, et le corps si blanc qu'on l'appela Blanche comme neige. L'heureuse mère ne jouit pas longtemps de son bonheur. Elle mou-

rut, et le roi se remaria avec une femme d'un
rare beauté, et d'un orgueil non moins extraordinaire. Elle était si ambitieuse qu'elle se considérait
comme la plus admirable personne du monde. Quelquefois elle s'enfermait dans sa chambre et se plaçant devant un miroir magique, elle lui disait :

O mon miroir fidèle,
Réponds-moi, réponds-moi,
Quelle est la femme la plus belle ?

Et le miroir répondait :

C'est toi, c'est toi.

Cependant Blanche comme neige grandissait, et
de jour en jour devenait plus gracieuse et plus
charmante. Elle n'avait encore que sept ans, et déjà
personne ne pouvait la voir sans en être émer-
veillé. Un jour, la fière reine s'asseyant de nouveau devant son miroir lui dit :

O mon miroir fidèle,
Réponds-moi, réponds-moi.
Quelle est la femme la plus belle ?

Le miroir répondit :

Ce n'est plus toi, ce n'est plus toi.
Blanche de neige est la plus belle.

A ces mots, l'orgueilleuse reine se sentit une

douleur au cœur comme s on l'avait frappée d'un coup de poignard, et en même temps conçut une haine mortelle pour l'innocente Blanche. Dans l'ardeur de cette haine, elle ne pouvait plus ni jour ni nuit trouver aucun repos. Pour assouvir sa féroce passion, elle appela un de ses valets et lui dit : « Il faut que Blanche périsse. Tu vas la conduire dans la forêt et tu la tueras, et pour me prouver que mes ordres sont ponctuellement exécutés, tu me rapporteras son foie et ses poumons. »

Le domestique emmena Blanche dans les profondeurs de la forêt et tira son couteau de chasse pour accomplir le crime qui lui était commandé. La douce enfant pleurait et le suppliait d'avoir pitié d'elle disant qu'elle n'avait fait aucun mal, et qu'elle désirait tant vivre !

Ses prières, ses regards émurent celui qui avait promis d'être son bourreau : « Non, dit-il, je ne puis verser le sang de cette innocente créature. Je l'abandonnerai dans ce bois. Si les bêtes sauvages la dévorent, ce sera le crime de la reine et non pas le mien. »

Ainsi fut fait. Le domestique tua un chevreau, en détacha le foie et les poumons et les porta à la reine qui se dit avec un féroce orgueil : « Enfin, ma rivale est morte, et nulle autre femme au monde n'est si belle que moi. »

La pauvre Blanche de neige abandonnée dans la forêt n'était pas morte, mais bien inquiète et bien malheureuse. Pour la première fois de sa vie, elle posait ses petits pieds sur de rudes cailloux; elle marchait à travers les épines qui déchiraient ses vêtements, et elle voyait des bêtes sauvages. Mais ces animaux ne lui firent aucun mal. A son aspect, ils se retirèrent dans leurs repaires, et elle marcha tout le jour et traversa sept montagnes.

Le soir, elle arriva près d'une toute petite, toute petite maison. Elle était fatiguée; elle avait faim et soif. Elle entra dans cette petite maison, où tout était très-propre et très-bien arrangé. Il y avait là une petite table, et sur cette petite table couverte d'une nappe blanche sans tache, sept petites assiettes, sept petites fourchettes, sept petits couteaux, sept petits verres, et le long du mur sept jolis petits lits. Blanche mangea quelque peu de ce qui était dans les assiettes, but une goutte de vin de chaque verre, puis se mit au lit dans un des sept petits lits, fit sa prière et s'endormit d'un bon sommeil.

Quelques moments après, les maîtres du logis entrèrent. C'étaient sept petits mineurs portant leur lampe à leur ceinture. Tout de suite, ils virent qu'on avait pénétré dans leur demeure. L'un d'eux dit:

« Qui a pris un morceau de mon pain? »

Et les autres successivement :

« Qui a touché à ma fourchette?

— Qui a mangé de mes légumes?

— Qui a bu de mon vin? »

Et enfin l'un deux dit :

« Regardez qui repose dans mon lit. »

Tous alors se réunirent devant le petit lit où Blanche dormait. A la lueur de leurs lampes, ils regardaient dans une muette surprise la douce enfant, puis ils s'éloignèrent sans faire le moindre bruit pour ne pas troubler son sommeil.

Le lendemain matin, en s'éveillant, Blanche de

neige fut un peu effrayée, lorsqu'elle vit près d'elle ces sept nains des montagnes. Mais ils lui dirent doucement qu'elle n'avait rien à craindre, et lui demandèrent d'où elle venait et comment elle s'appelait. Elle leur raconta sa triste histoire, et les nains lui dirent :

« Veux-tu rester avec nous et prendre soin de notre ménage?

— Très-volontiers, » dit Blanche, complétement rassurée par leurs bons regards et leurs amicales paroles.

Elle se mit aussitôt à la besogne, et la continua régulièrement chaque jour. Elle nettoyait les meubles, préparait les repas. Les nains allaient travailler dans les mines d'or et de diamants des montagnes, et à leur retour trouvaient tout en ordre.

Pendant ce temps, la méchante reine se réjouissait de songer qu'elle n'avait plus à craindre aucune rivale. Un jour, elle se remit devant son miroir, et lui dit :

O mon miroir fidèle,
Ne suis-je pas à présent la plus belle?
Réponds-moi, réponds-moi.

Et le miroir répondit :

Oui, dans tes grands palais, tes châteaux, tes campagnes;
Mais Blanche est sur les sept montagnes,
Et Blanche est plus belle que toi.

A cette réponse, l'orgueilleuse femme se sentit de nouveau le cœur déchiré, et de nouveau, elle

résolut de faire périr l'innocente Blanche. Mais
comment? Nuit et jour elle cherchait un moyen
d'accomplir son sinistre projet. Un matin elle partit, ayant posé, pour qu'on ne la reconnût pas, de
faux cheveux sur son front et un emplâtre sur son
visage. Elle partit vêtue d'une robe grossière et
portant à la main, comme une marchande ambu-
lante, un panier où elle avait mis divers objets de
fantaisie. Elle s'en alla sur les sept montagnes et
frappa à la porte de la maisonnette en criant : Achetez, achetez de jolis bijoux.

Les nains avaient bien recommandé à Blanche
de se défier de toute figure étrangère. Ils crai-
gnaient les émissaires de la reine, et la jeune fille
leur avait promis d'être très-prudente. Mais lorsqu'elle vit les belles choses que la marchande avait
dans son panier, elle oublia ses promesses. « Voyez
cette chaîne d'or et ce bracelet, » disait la perfide
marchande. « Voyez ce charmant collier. Voulez-
vous l'essayer. Je vais moi-même vous l'agrafer
sur le col. » Blanche la laissa faire, et l'horrible
mégère l'étrangla : « Voilà, dit-elle, en la regardant tomber par terre, voilà pour te punir de ta
beauté. » Puis elle s'éloigna.

Quand les nains revinrent, ils trouvèrent la pauvre Blanche étendue par terre, complétement inanimée. Ils se hâtèrent de briser son fatal collier,
puis ils lui versèrent sur les lèvres quelques gouttes d'une liqueur d'or. Blanche commença à respirer, puis peu à peu revint à la vie et raconta à ses

généreux hôtes ce qui lui était arrivé. « Sois sûre,
lui dirent-ils, que cette vieille marchande n'était
autre que ton ennemie, la reine. Prends garde et
ne laisse entrer ici personne en notre absence. »

En rentrant dans son palais, toute réjouie de son
affreuse expédition, la reine se mit devant son miroir et dit :

> O mon miroir fidèle,
> Ne suis-je pas à présent la plus belle ?
> Réponds-moi, réponds-moi.

Et le miroir répondit :

> Oui, dans tes grands palais, tes châteaux, tes campagnes ;
> Mais Blanche est sur les sept montagnes,
> Et Blanche est plus belle que toi.

Voilà l'implacable reine furieuse encore et réso-
lue à faire une autre tentative pour anéantir la
douce Blanche. Nuit et jour elle y songeait. De nouveau elle se déguisa, et de nouveau se mit en route
vêtue comme une marchande étrangère, et portant
dans un panier divers objets de luxe. Elle arrive
sur les sept montagnes. Elle frappe à la porte de
la maisonnette :

« Achetez, achetez, dit-elle, des bijoux char-
mants. »

Blanche la regarde par la fenêtre et lui répond :

« Retirez-vous ; je ne dois laisser entrer ici personne.

— Tant pis pour vous, réplique la scélérate ; voyez ce peigne en or. Y en a-t-il nulle part un pareil. »

Blanche ne put résister au désir de posséder cette parure. Elle ouvrit la porte.

« Laissez-moi, ma belle enfant, lui dit la marchande, vous coiffer comme vous devez l'être. »

En prononçant ces mots, elle enfonça dans la chevelure de Blanche le peigne qui était empoisonné, et Blanche aussitôt tomba morte.

Le soir, en rentrant au logis, les nains la trouvèrent pâle et froide sur le sol. Ils se hâtèrent de lui enlever le peigne empoisonné, puis la ravivèrent avec leur élixir et l'engagèrent à être plus prudente.

La cruelle reine, pendant ce temps, s'en retournait toute joyeuse dans son palais. Dès qu'elle y fut arrivée, elle se mit devant sa glace et dit :

O mon miroir fidèle,
Ne suis-je pas à présent la plus belle ?
Réponds-moi, réponds-moi.

Et le miroir répondit :

Oui, dans tes grands palais, tes châteaux, tes campagnes ;
Mais Blanche est sur les sept montagnes,
Et Blanche est plus belle que toi.

« Ah ! s'écria la reine dans un accès de rage. Il

faut qu'elle meure, dussé-je pour lui enlever la vie sacrifier la mienne. »

Elle prit des vêtements de paysanne, et se mit en route avec un panier plein de pommes. Parmi ces pommes, il y en avait une adroitement empoisonnée d'un seul côté. Elle alla frapper à la maisonnette en criant :

« Achetez, achetez des fruits excellents.

— Retirez-vous, dit Blanche en la regardant par la fenêtre ; je ne puis laisser entrer ici personne, et ne puis rien acheter.

— Très-bien, répliqua la fausse paysanne ; je ne suis pas embarrassée pour vendre ces délicieuses pommes. Mais, comme vous avez un visage si doux, tenez, je vous en donne une pour rien.

— Non, merci. Je ne puis l'accepter.

— Pensez-vous qu'elle soit empoisonnée. Voyez, je vais en manger un morceau. Ah ! que c'est bon. Jamais vous n'avez rien mangé de pareil. »

En parlant ainsi, la traîtresse mordait le côté de la pomme non empoisonné. Blanche se laissa tenter, prit le fruit appétissant, le porta à ses lèvres et aussitôt tomba morte.

« Voilà pour te punir de ton extravagante beauté, » dit la reine en retournant dans sa demeure. Dès qu'elle y fut entrée, elle se plaça devant sa glace et dit :

O mon miroir fidèle,
Réponds-moi, réponds-moi,
Quelle est la femme la plus belle ?

Et le miroir répondit :

C'est toi, c'est toi.

« Enfin, s'écria-t-elle, c'en est donc fait de mon odieuse rivale. »

Mais les nains étaient désolés. En vain ils avaient essayé de raviver Blanche avec leur liqueur d'or, et avec d'autres élixirs encore plus puissants. Blanche restait froide et inanimée. Ils la pleurèrent pendant trois jours, et les oiseaux de la forêt la pleurèrent aussi. Pourtant les bons petits nains ne pouvaient croire qu'elle fût réellement morte, et à la voir avec son visage si calme, ses joues si fraîches, on devait penser plutôt qu'elle dormait. Ils ne voulurent point l'enterrer. Ils la mirent dans un cercueil en verre sur lequel ils écrivirent : Ici, repose une fille de roi; ils placèrent ce cercueil sur une des sept montagnes, et l'un d'eux devait le garder constamment. Blanche resta pendant plusieurs années sans qu'on remarquât sur sa figure la moindre altération. Ses longs cheveux étaient toujours aussi noirs, ses paupières aussi blanches, ses lèvres aussi roses.

Un jour, un beau jeune homme, le fils d'un roi, s'étant égaré à la chasse à travers les sept montagnes, vit le cercueil, et pria les nains de le lui céder, à quelque prix que ce fût.

« Nous avons, lui dirent-ils, une quantité de métaux précieux. Pour tout l'or du monde nous ne voudrions vendre ce cercueil qui est notre trésor.

— Eh bien, dit le jeune prince, donnez-le-moi.
Je ne puis désormais vivre sans voir cette pure et
douce figure. Je la ferai placer dans la plus belle
chambre de mon palais, et je la vénérerai. Accordez-moi la grâce que je vous demande. »

Les nains, émus de ses accents de cœur, se ren-
dirent à sa prière. Quatre hommes aussitôt prirent
le cercueil pour le porter dans le palais du roi.
L'un d'eux, en trébuchant sur une racine, imprima
au cercueil une secousse qui fit tomber le morceau
de pomme empoisonné que Blanche n'avait point
avalé, mais qui lui était resté dans la bouche. Aussitôt elle ouvrit les yeux. Elle était ressuscitée. Le
jeune prince l'emmena dans son château et l'épousa.
Ses noces se célébrèrent en grande pompe. Le
prince y invita des souverains et des souveraines
de différents pays, entre autres la méchante reine
Quand elle eut fait une toilette superbe, pour cap-
tiver tous les regards à cette royale cérémonie,
elle se mit devant sa glace et dit :

> O mon miroir fidèle,
> Réponds-moi, réponds-moi,
> Quelle est la femme la plus belle ?

Le miroir répondit :

> Blanche est plus belle que toi.

A ces mots, la reine cruelle frémit, pâlit, trembla.
Ses crimes devaient être connus. En se rappe-

lant les ordres qu'elle avait donnés à son domestique pour égorger Blanche, et ses tentatives sur
les sept montagnes, elle se sentit saisie d'un tel
effroi qu'elle en mourut.

Mais Blanche vécut longtemps aimée, honorée,
et dans son heureux palais de reine n'oublia pas
les nains qui avaient été ses bienfaiteurs.

LE MOINE ET L'OISEAU

Dans un cloître vivait un jeune moine très-pieux et très-studieux, nommé Urbain. La bibliothèque du couvent lui était confiée. Il en gardait avec soin les trésors, et lisait beaucoup de bons livres. Il en composait même quelques-uns. Un jour il s'arrêta à un passage de saint Paul : « Devant Dieu, mille ans sont comme un jour ou comme une veillée nocturne. » Il ne pouvait croire à la justesse de cette sentence, et gravement et longtemps il y réfléchit. Comme il se promenait un matin dans le jardin, il aperçut un joli petit oiseau, qui tantôt sautillait par terre, tantôt s'élançait sur un arbre et voltigeait de ci, de là, et chantait comme un rossignol. Entraîné par la suavité de cette musique, Urbain suivit le petit oiseau d'abord dans la prairie, ensuite

sur la colline, puis dans la forêt, et enfin se décida
à retourner vers son couvent. Mais quelle surprise

pour lui lorsqu'il le revit! En quelques instants
quels prodigieux changements ! Le jardin était
agrandi ; le monastère était aussi plus large et au-
dessus de ses épaisses murailles s'élevait un magnifique clocher.

Urbain s'avance, stupéfait d'une si rapide trans-

formation. Il sonne et le portier qui lui ouvre la
porte lui est totalement inconnu. Il entre dans le
cimetière, il y voit des tombes qu'il n'a jamais
vues, et des noms qu'il n'a jamais connus. Les religieux se rassemblent autour de lui, il les regarde
avec étonnement, car il n'en reconnaît pas un, et
tous le regardent de même et se demandent quel
est ce vieillard extraordinaire. Il porte le vêtement

de leur ordre. Mais sa figure a un caractère
étrange ; de longs cheveux blancs tombent sur son
capuchon, et une barbe blanche descend jusqu'à sa

ceinture à laquelle est encore suspendue sa clef de
bibliothécaire. On le conduit près de l'abbé qui lui
demande comment il s'appelle, qui il est, d'où il
vient. Urbain est tout surpris de cet interrogatoire,
et surprend également l'abbé par ses réponses.

Enfin, un religieux se rappela avoir remarqué
dans une ancienne chronique du monastère, un fait
singulier auquel se liait le nom d'Urbain. On ouvre
cette chronique et on y lit, qu'un jour un jeune
moine, appelé Urbain, qui remplissait les fonctions
de bibliothécaire, avait disparu tout à coup et que
jamais personne n'avait pu découvrir ce qu'il était
devenu.

Depuis ce jour-là, trois cents ans s'étaient écou-
lés. Le bon Urbain qui croyait n'avoir suivi que
quelques instants le mélodieux oiseau était resté
trois cents ans à l'écouter.

Alors il comprit comment les milliers et les milliers d'années s'écoulent devant Dieu comme des
minutes dans le cercle sans fin de l'éternité.

CHRISTOPHE LE MALIN

Conte irlandais.

Christophe est le fils d'une veuve qui occupe une petite ferme, bon garçon, mais un peu simple. Les gens de son village l'appellent par dérision : Christophe le malin. Un jour sa mère l'envoie à la foire acheter une faux. En s'en revenant il se met à faire tournoyer cette faux si maladroitement qu'elle lui échappe des mains, tombe sur un agneau et le tue.

« Sot garçon que tu es, lui dit sa mère, pour éviter tout accident, il fallait mettre cette faux dans une des voitures de paille ou de foin que nos voisins ramènent au village.

— Pardonnez-moi, répond humblement Christophe ; une autre fois, je serai mieux avisé. »

La semaine suivante, elle l'envoie acheter des aiguilles en lui recommandant bien de ne pas les perdre.

« Soyez tranquille, » s'écrie-t-il avec confiance Il va et revient tout triomphant.

« Eh bien ! Christophe, où sont mes aiguilles ?

— Ah ! elles sont en sûreté. En sortant de la boutique où je les avais achetées, j'aperçois la voiture de notre voisin Doyle chargée de foin. J'ai mis là les aiguilles, elles sont en sûreté.

— Oui, en sûreté, dit la mère, si bien en sûreté qu'il n'y a plus moyen de les retrouver ; tu aurais dû les piquer dans ton chapeau.

— Pardonnez-moi, répond Christophe, une autre fois, je serai mieux avisé. »

La semaine suivante, par une chaude journée Christophe va chercher à une lieue de distance une petite provision de beurre. Se souvenant du dernier conseil de sa mère, il pose ce beurre dans son chapeau, et le chapeau sur sa tête. On peut se figurer dans quel état il rentre au logis, le beurre fondu par les chaleurs et coulant sur ses joues.

Sa mère découragée n'osait plus lui confier la moindre commission. Cependant un jour elle se détermine à l'envoyer encore au marché pour y vendre une paire de poulets :

« Écoute, lui dit-elle, n'accepte pas le premier prix qu'on t'offrira. Attends le second.

— Très-bien, » répond Christophe.

Le voilà sur le marché. Un chaland s'approche.

« Voulez-vous trois francs de vos poulets?

— Merci, ma mère m'a dit de ne pas accepter le premier prix qu'on m'offrirait, mais d'attendre le second.

— Elle a grandement raison, votre mère. Eh! bien, voici mon second prix : Deux francs.

— Soit. Il me semble que j'aurais mieux fait d'accepter votre première proposition. Mais puisque je suis le conseil de ma mère, elle ne peut me blâmer. »

Après cette nouvelle équipée, Christophe fut condamné à rester au logis. Sa mère savait qu'on se moquait d'elle et de lui. Un matin pourtant, elle veut encore faire un essai, et elle lui dit :

« Va vendre cette brebis au marché. Mais ne te laisse pas encore tromper, ne la livre qu'au plus haut prix.

— Bien, répond Christophe, cette fois je connais mon affaire.

— Combien ce mouton? lui demande un boucher.

— Ma mère m'a dit de ne le céder que pour le plus haut prix.

— Vingt francs?

— Est-ce le plus haut prix?

— A peu près.

— A moi la laine et la bête, dit un garçon en grimpant sur une échelle.

— Combien?

— Cinq francs.

— C'est bien loin de vingt, réplique timidement Christophe.

— Oui, mais voyez jusqu'où monte cette échelle. Dans tout le marché, il n'y a pas un prix plus haut que le mien.

— Vous avez raison. La brebis est à vous. »

Dès ce jour le bon Christophe ne fut plus envoyé nulle part, ni pour vendre ni pour acheter.

LA SOURIS RECONNAISSANTE

Un pauvre marchand colporteur s'en allait à pied dans les montagnes de la Bohême, la bourse vide Il était loin encore de toute habitation, et il n'avait plus qu'un petit morceau de pain épargné sur son dîner de la veille. Il s'assit près d'une fontaine et commença son frugal repas sans savoir s'il pourrait en faire un second dans la journée. Pendant qu'il était là, une souris s'approche de lui et lève la tête d'un air suppliant, comme pour lui demander l'aumône.

« Pauvre petite bête! dit le marchand, tu es donc encore plus malheureuse que moi. Voilà tout ce qui me reste. Mais je ne mangerai pas sans toi. »

A ces mots, il émiette son pain et le pose à terre

devant elle. Son pauvre déjeuner fini, il va boire à
la fontaine, et, en revenant, que voit-il? la petite
souris qui apportait une à une des pièces d'or près

de son bissac. Elle en avait déjà apporté trois, et
elle allait chercher la quatrième. Il la suit, élar-
git le trou par lequel elle entrait, et trouve un tré
sor.

L'ANACHORÈTE

Parabole de saint Jérôme.

Un homme, animé d'une ardente ferveur religieuse, s'était retiré loin des villes, loin des hommes, dans une grotte solitaire de la Thébaïde pour s'y consacrer tout entier à l'œuvre de son salut. Il jeûnait, priait, se mortifiait, et sa pensée était constamment tournée vers Dieu. Quand il eut ainsi passé de longues, longues années, un soir l'idée lui vint qu'il avait mérité une glorieuse place dans le paradis, et pouvait être mis au rang des plus grands saints.

La nuit suivante, l'ange Gabriel lui apparut et lui dit :

« Il y a de par le monde un humble ménétrier qui va de porte en porte jouant de la viole et chantant, et qui a mieux mérité que toi les récompenses éternelles. »

L'anachorète, étonné de ces paroles, se lève, prend son bâton de voyage, s'en va à la recherche de ce musicien, et, l'ayant trouvé, lui dit :

« Frère, apprends-moi quelles bonnes œuvres tu as faites, et par quelles prières, et par quelle pénitence, tu t'es rendu agréable à Dieu.

— Moi ! répondit le ménétrier en baissant la tête : saint père, ne te moques pas de moi. Je n'ai point fait de bonnes œuvres; et je ne sais guère prier, pauvre pécheur que je suis. Je vais seulement, de maison en maison, amuser les gens avec ma viole. »

L'austère ermite pourtant insiste et dit :

« Je suis sûr que dans ta vagabonde existence,

tu auras pourtant accompli quelque **acte de**
vertu.'

— Non, en vérité, je n'en pourrais citer un
seul.

— Mais comment es-tu réduit à cet état de mendicité? As-tu vécu follement comme les gens de ta
profession? As-tu dissipé en de frivoles fantaisies
l'héritage de tes pères et les produits de ton métier?

— Non. Mais un jour j'ai rencontré une pauvre femme abandonnée, dont le mari et les enfants étaient condamnés à l'esclavage pour acquitter une dette. Cette femme était jeune et belle, et les enfants de Bélial cherchaient à la séduire. Je lui ai donné un asile dans ma demeure. Je l'ai protégée dans son péril, je lui ai livré tout ce que je possédais pour racheter sa famille, et je l'ai reconduite dans la ville où elle devait rejoindre son mari et ses enfants. Mais quel homme n'en aurait fait autant ? »

A ces mots, le religieux de la Thébaïde pleura et s'écria :

« Dans mes soixante et dix années de solitude, je n'ai pas fait une si bonne œuvre, et cependant je m'appelle l'homme de Dieu, et toi, tu n'es qu'un pauvre ménétrier. »

LES TROIS CHIENS

Conte allemand.

Un berger avait deux enfants : un garçon et une fille. Lorsqu'il se sentit près de mourir, il leur dit: « Je n'ai à vous laisser pour tout bien que cette maisonnette et trois moutons. Partagez-vous amicalement ce petit héritage, de façon à ce qu'il n'y ait entre vous ni jalousie ni animosité. »

Puis il ferma les yeux et rendit le dernier soupir.

Henri, le garçon, dit à sa sœur :

« Que veux-tu garder pour toi, la maisonnette ou les moutons?

— J'aime mieux la maisonnette, répondit la jeune fille.

— Comme il te plaira. Alors je prends les moutons, et m'en vais à l'aventure chercher fortune.

Je suis né un dimanche. On dit que cela porte bonheur. »

Il partit. Mais dans le cours de son voyage,
longtemps il eut bien des peines et bien des mauvaises heures. Un jour qu'il était à une croisière de
route, découragé de ses vaines entreprises, et ne

sachant de quel côté se diriger, il vit venir à lui
un homme suivi de trois gros chiens qui lui dit :
Vous avez là trois belles brebis. Voulez-vous me
les donner pour mes trois chiens ? »

Malgré sa tristesse, Henri se mit à rire et répondit :

« Je serais bien embarrassé si j'acceptais votre marché. Mes trois brebis broutent elles-mêmes l'herbe dont elles ont besoin. Vos trois chiens, je serais obligé de les nourrir, et je n'ai rien.

— Vous ne savez pas, reprit l'iuconnu, que ces trois chiens sont des merveilles. Non-seulement vous n'aurez point à vous occuper de leurs besoins, mais ils subviendront eux-mêmes aux vôtres. Le plus petit s'appelle Pourvoyeur ; celui-là, Déchireur ; et le plus gros, Brise-Acier. »

Henri finit par consentir à l'échange qui lui était proposé, et bientôt s'en réjouit. Comme il était seul dans un bois, loin de toute habitation, n'ayant plus une miette de pain dans son sac : « Allons, dit-il, Pourvoyeur, à l'œuvre ! »

Pourvoyeur ne se fit pas répéter cet ordre deux fois. Il partit comme une flèche et revint quelques minutes après, rapportant un panier rempli d'excellentes provisions.

— Bien ! se dit Henri ; avec un tel compagnon, je n'ai plus à m'occuper de ma nourriture, et je puis voyager en paix. »

Il se remit en marche, et un jour il rencontra une belle voiture attelée de beaux chevaux et toute peinte en noir. Le cocher avait des vêtements noirs, ot dans la voiture était assise une charmante jeune fille tout en noir aussi et pleurant amèrement.

Henri qui à l'aspect de ces signes d'infortune, se

sentait le cœur ému, interrogea le cocher qui d'abord le regarda du haut de son siége fort dédaigneusement, puis finit par lui dire :

« Il y a près d'ici un dragon effroyable qui lontemps a désolé le pays par ses ravages, et qui s'est retiré dans sa grotte, à la condition qu'on livrerait chaque année, à jour fixe, une jeune fille à sa merci. Cette année, c'est la fille de notre roi qui doit être la victime du monstre. Le roi et le peuple sont plongés dans la douleur. Mais il faut obéir à l'arrêt du sort et il faut que le dragon ait sa proie. »

—Pauvre jeune fille, » murmura Henri, en regardant des yeux humides la princesse. Et il suivit la voiture.

Arrivé au pied d'une montagne, le cocher arrête sa voiture. La jeune fille commença à gravir lentement une crête de rocs. Henri voulut l'accompagner malgré les remontrances et les cris du cocher qui restait prudemment dans la vallée.

Vers le milieu de la montagne, tout à coup apparut l'épouvantable bête avec son corps revêtu d'écailles, ses ailes bruyantes comme celle d'un moulin à vent; ses longues griffes plus dures que le fer, et sa langue enflammée. De sa gueule s'échappait un tourbillon de vapeurs sulfureuses.

Il s'avança pour saisir sa proie: « Déchireur, s'écria Henri, à l'œuvre, à l'œuvre ! » Aussitôt Déchireur s'élance sur le monstre, lui enfonce ses dents dans les flancs, le lacère, le tue. Henri lui enlève quelques dents et les met dans sa poche.

La princesse s'était évanouie. Quand elle reprit sa connaissance le monstre était anéanti. Elle salua Henri avec un transport de joie et de gratitude, et le pria de l'accompagner dans le palais de son père pour qu'il fût dignement récompensé. Le jeune

homme répondit qu'il irait la voir dans sa capitale, mais pas avant trois ans. Jusque-là il voulait faire plusieurs voyages. Comme il persistait dans cette résolution, la jeune fille remonta dans sa voiture, et Henri s'en alla d'un autre côté, ne se doutant pas du nouveau péril auquel il laissait exposée cette charmante personne.

Le cocher avait formé un diabolique projet. En

traversant sur un pont une large rivière, il se tourna vers la princesse et lui dit :

« Votre chevalier vous a quittée sans vous rien demander. Vous n'avez plus à vous occuper de lui, et vous pouvez faire la fortune d'un pauvre homme en disant à votre père que c'est moi qui ai tué le dragon. Si vous n'acceptez pas cette proposition je vous jette dans ce fleuve, et personne ne s'avisera jamais de demander ce que vous êtes devenue, car on croit que le monstre vous a dévorée. »

En vain la jeune fille protesta, pria, supplia. Elle fut, pour sauver sa vie, obligée de se soumettre à la résolution du cocher et de jurer solennellement qu'elle ne révélerait à personne sa perfidie.

Des cris de bonheur retentirent dans toute la ville quand on vit revenir saine et sauve cette belle princesse qui devait être la pâture du dragon. Le roi la tint longtemps serrée contre son cœur en

pleurant de joie. Puis il embrassa le perfide cocher
et lui dit :

« Non-seulement tu m'as rendu tout ce que j'ai
de plus cher au monde, mais tu as délivré ce pays
d'un effroyable fléau. Je te dois une récompense ; tu
épouseras ma fille dans un an. Elle est encore
trop jeune pour que je puisse la marier plus tôt. Dès
ce jour je te considère comme mon gendre. Tu auras ton palais, et tu y vivras comme un grand
seigneur. » Ainsi fut fait.

L'année était écoulée, la princesse à qui ce mariage faisait horreur et qui n'osait révéler son secret, demande encore une année de délai, puis une
troisième. Mais à la fin de celle-ci, le roi ne voulut
plus permettre aucun retard et le jour du mariage
fut définitivement fixé.

La veille de ce jour, on vit entrer dans la ville
un voyageur suivi de trois chiens étranges. Comme
il remarquait dans toutes les rues des préparatifs
de fête, il en demanda la cause. On lui dit que la
fille du roi allait se marier avec l'homme qui l'a-
vait sauvée des griffes du dragon.

« Cet homme, s'écria le voyageur, est un impos-
teur. »

Des gens de la police, l'entendant parler ainsi du
gendre du roi, se jetèrent sur lui, l'arrêtèrent et le
conduisirent dans une prison fermée par une porte
de fer.

Tandis que le pauvre Henri était là sur une
paille humide, absorbé dans ses tristes réflexions,

tout à coup il lui sembla entendre les gémissements de ses chiens. C'étaient ces fidèles bêtes, en effet, qui s'approchaient de la lucarne de son cachot.

« Brise-Acier, à l'œuvre, » s'écria-t-il.

Aussitôt Brise-Acier se précipite sur les barreaux de la prison, les brise, brise aussi les chaînes de son maître.

Henri se leva, joyeux de se sentir délivré, mais triste de penser qu'un traître allait devenir l'époux de la belle princesse. Il ne savait ce qu'il devait faire, et en attendant qu'il prît une détermination il avait faim.

« Pourvoyeur, à l'œuvre, » dit-il.

Quelques minutes après Pourvoyeur lui rapporte de succulents morceaux avec une serviette sur laquelle est brodée une couronne royale.

Pourvoyeur a été tout droit au palais. Il est en-

tré dans la salle à manger où le souverain était
assis avec les membres de sa famille et les principaux personnages de la cour. Il a été près de la
princesse et lui a léché la main. La princesse l'a

reconnu et lui a elle-même mis sa serviette au
col. L'apparition de ce chien lui donne l'idée que
l'aventureux jeune homme à qui elle doit son salut
n'est pas loin. Dans cet espoir, elle s'enhardit. Elle

prend son père par la main, l'entraîne dans une chambre voisine et lui raconte tout ce qui s'est passé le jour où elle devait être immolée. Le roi envoye chercher Henri. C'est lui, c'est bien lui. La jeune fille se réjouit de revoir cette douce, honnête figure. Il s'avance modestement et, en s'inclinant avec respect, tire de son sac de voyageur les énormes dents du dragon.

Le roi conduit le brave jeune homme dans la

salle où sont réunis ses convives. L'infâme cocher pâlit, et un juste arrêt le condamne à expier dans un cachot son crime.

Henri épouse la jeune fille. Au milieu des fêtes de cet heureux mariage, il se souvient de sa sœur qui est restée toute seule dans sa maisonnette. Il désire la revoir, il la fait venir près de lui et l'embrasse avec une tendre effusion de cœur. Alors, un de ses fidèles chiens magiques prend la parole et lui dit :

« Maintenant la mission que notre maître nous avait confiée est accomplie. Nous devions voir si la fortune ne te gâterait pas le cœur et ne te ferait pas oublier ta pauvre sœur. Adieu, sois heureux. »

A ces mots, les trois chiens se transforment en oiseaux et s'envolent en chantant dans les airs.

LE CHATEAU ET LA CHAUMIÈRE

Poésie suédoise

Je n'habite qu'une humble cabane rustique ; mais cette cabane est à moi, et il faut qu'on s'incline quand on y veut entrer.

Son toit ne s'élève qu'à quelques pieds du sol, mais non loin de là, dans le parc, s'élève un château superbe.

Là réside un grand seigneur, inquiet dans son faste et son opulence. Moi, je dors paisiblement, mais lui n'en peut dire autant.

J'étais, par une belle soirée, assis devant ma cabane quand tout à coup j'entends aboyer sa meute qui traverse la rivière.

Sa Seigneurie s'avance vers moi, tandis que je chantais avec bonheur les bontés de la Providence.

C'était une chanson que j'avais faite moi-même pour louer le Dieu qui me donne la paix et le contentement, la santé et le pain quotidien, le repos après le travail, et les jours sans inquiétude.

Le seigneur s'arrêta, le fusil à la main, en écoutant mes chants. J'ôtai mon bonnet, et il continua son chemin en me remerciant.

Un soupir s'échappa de ses lèvres. Ah ! je l'entendis. Ce soupir voulait dire : Donne-moi ton cœur joyeux et prends mon château.

Mes yeux s'élevèrent vers celui qui a fait ainsi le partage des biens de ce monde : les palais aux grands, et la gaieté aux petits.

LA VOUIVRE

Légende francomtoise.

⁂

CHAPITRE PREMIER

Un heureux hasard.

Ceux qui ont passé quelque temps dans les montagnes de Franche-Comté, et assisté, sous le toit rustique d'une maison de paysan, à quelque veillée d'hiver, ont tous entendu parler de la vouivre, serpent ailé, être magique, qui, dit-on, glisse dans les airs, comme une lueur rapide, se baigne dans les flots comme une autre Mélusine, et porte à son front une escarboucle plus précieuse que les plus beaux diamants de la couronne de France.

Avant de se plonger dans les sources solitaires et les ruisseaux voilés dont elle aime à fendre l'onde limpide, la vouivre dépose sur le rivage cette splendide escarboucle, qui est son œil, sa prunelle, sa

lumière. Si dans le moment où elle s'abandonne
ainsi à la mollesse de son repos, quelqu'un pouvait adroitement s'emparer de ce diamant inappréciable, qu'elle a soin de cacher entre les roseaux
les plus élevés ou dans le gazon le plus touffu,
celui-là serait assez riche; car ni les mines du Bré-
sil, ni les montagnes de l'Oural, n'ont jamais livré
aux regards avides des hommes un diamant pareil.

Une foule d'ambitieux francomtois ont rêvé la
conquête de ce trésor et ont guetté la vouivre au
bord de maint lac et de maint ruisseau. Moi-même
je me souviens qu'aux jours de mon enfance, j'ai
plus d'une fois erré le long des bords du Doubs
avec l'espérance d'y voir descendre la vouivre, et
je ne l'ai pas vue, et je n'ai jamais pu lui enlever
son escarboucle. Mais Paul Dubois la lui enleva une
fois, il y a environ cent ans, et je puis vous dire
ce qui en arriva.

Paul Dubois était le plus jeune fils d'un brave
vigneron de Mouthiers qui, par ses habitudes d'ordre
et de labeur, était parvenu à se faire une honnête
aisance. De six beaux enfants que le ciel lui avait
donnés, quatre garçons et deux filles, les cinq premiers avaient été dès leur bas âge appelés à partager les travaux de leurs parents. Tandis que les
garçons s'en allaient avec leur père labourer les
champs et planter des ceps de vignes, les jeunes
filles aidaient leur mère dans ses occupations domestiques; elles prenaient soin des bestiaux, pré-
paraient les repas des gens de la maison et filaient

le chanvre pour faire des vêtements. Paul naquit à une époque où la famille commençait déjà à jouir d'une petite fortune acquise peu à peu et arrosée de bien des sueurs. Plus heureux que ses frères, au lieu d'être astreint à la rude tâche de chaque jour, il fut confié aux soins d'un instituteur que l'on regardait comme un grand savant, car il faisait une addition en un clin d'œil, et lisait couramment les vieux actes écrits sur parchemin. La bonne Mme Dubois, qui adorait son dernier né, voulut qu'il reçût l'éducation d'un clerc, et, dans ses rêves d'amour maternel, elle le voyait déjà chapelain de quelque grand seigneur ou investi des honorables fonctions de tabellion, et qui sait, peut-être même bailli du district. A sa prière, le curé de Mouthiers avait bien voulu donner quelques leçons de latin à ce petit Benjamin, et les bonnes dispositions de l'enfant ne contribuaient pas peu à entretenir dans le cœur de sa tendre mère une naïve pensée d'orgueil et un ambitieux espoir.

Mais un soir que Paul rentrait sous le toit paternel, apportant en triomphe une belle grande page qu'il venait d'écrire avec tous les procédés de la plus élégante calligraphie, un problème d'arithmétique qu'il avait lui-même résolu, et un livre que son maître lui avait donné comme un témoignage éclatant de satisfaction :

« En voilà assez, dit le père Dubois. Paul ne retournera plus à l'école. Je suis fort content qu'il manie si bien la plume et qu'il s'entende à ranger en bon ordre des chiffres sur le papier; cela peut servir dans l'occasion. Mais il en sait déjà plus que je n'en ai jamais appris. Je ne veux pas faire de lui un monsieur qui porte des culottes de soie et batte le pavé des grandes villes, tandis que ses frères travaillent comme des manœuvres. Nous sommes vignerons de père en fils, tous gens probes et sans reproches, Dieu soit loué! Je veux qu'il soit vigneron comme nous, et dès demain je lui mets le hoyau entre les mains. »

La pauvre mère souffrit beaucoup en entendant formuler cet arrêt. Cependant elle comprenait qu'elle ne pouvait équitablement établir une distinction si marquée entre ses enfants, en dévouer un à la tâche facile de l'école, et laisser les autres s'épuiser toute l'année dans un travail pénible. Elle savait d'ailleurs que quand son mari exprimait en termes si nets sa résolution, il ne fallait pas tenter de l'en faire changer. Elle baissa la tête en silence, étouffant au fond de son cœur un gros soupir, et se résigna, attendant du temps et des circonstances un moyen de faire revivre et de mettre à exécution ses projets.

Paul prit la serpette et le hoyau et s'en alla avec ses frères travailler à la vigne. Mais il était aisé de voir que ce travail lui causait une peine extrême et qu'il ne l'entreprenait que pour obéir à la volonté de son père. Les jours suivants, cet acte de résignation frappa tous les regards; ses frères eux-mêmes, qui naguère ne pouvaient se défendre à

son égard d'un certain sentiment de jalousie, furent
émus de le voir accomplir si docilement une tâche
qui lui semblait si difficile, et dès qu'ils se trouvaient seuls avec lui, loin des regards de leur père,
ils l'engageaient à quitter son lourd instrument et
à se reposer, lui promettant de faire entre eux par
un surcroît d'efforts la besogne qui lui était assignée. Paul était d'ailleurs d'une constitution déli-
cate qui ne lui permettait pas de rester plusieurs
heures comme eux courbé sur le sol. Il cédait à
ces affectueuses instances, s'asseyait sur un tertre
de gazon, en face de ces magnifiques bassins de
verdure, de ces majestueux remparts de rocs qui
entourent la délicieuse vallée de Mouthiers, et passait une partie de sa journée à regarder et à rêver. Le soir, auprès du foyer de famille, il restait
la tête appuyée sur ses mains, écoutant en silence
les traditions populaires du village racontées par
quelque bonne vieille femme, et s'élançant par la
pensée dans les châteaux fabuleux, dans le monde
magique, dont ces traditions dépeignait naïvement
les merveilles.

La vouivre surtout occupait souvent son esprit,
la vouivre avec ce trésor inappréciable qu'elle portait au front, avec toutes les idées de bonheur qui
s'attachaient à une telle conquête, et qui devaient
naturellement séduire l'imagination d'un jeune
homme. La nuit, il voyait reluire l'escarboucle féerique dans ses songes, et le matin, en s'en allant
dans les champs, il la cherchait au bord de la Loue.

A force d'entretenir ce rêve dans son imagination, il lui donna la puissance d'une pensée con-
tinue, impérieuse. Il finit par se persuader qu'il
parviendrait quelque jour à s'emparer de l'escarboucle précieuse, et il y parvint.

Un soir d'automne, on ne sait comment, il arriva
juste à l'endroit où la vouivre se baignait dans les

flots de la rivière, vit le diamant qui étincelait
dans la mousse, s'en empara et s'enfuit tout éperdu.
A peine avait-il saisi l'escarboucle qu'on entendit

un cri lamentable, sans doute le cri de la pauvre
vouivre aveugle. Un instant ce gémissement profond l'attendrit; il s'arrêta et se retourna, dominé
par un sentiment de compassion. Mais ce souhait
qui l'avait si longtemps occupé, ce désir ardent de
posséder la pierre précieuse, l'entraîna de nouveau.
Il rentra tout haletant et effaré sous le toit paternel, et courut s'enfermer dans sa chambre. Sa mère
inquiète vint frapper à sa porte. Il fit semblant de
dormir, mais il ne dormait pas. Il tenait entre ses
mains l'escarboucle et ne se lassait pas de la con-
templer, et à mesure qu'il la contemplait, il sentait s'éveiller en lui des désirs impétueux, des vi-
sions étranges, qu'il n'avait jamais conçus. Aux
rayons éblouissants de l'escarboucle, il croyait voir
s'ouvrir devant lui un nouveau monde, étincelant
d'or et de pierreries, et peuplé de créatures idéales
qui dansaient et chantaient sous un ciel d'azur
éclairé par d'innombrables soleils. Il entendait encore résonner dans son refuge la voix désolée de la
vouivre. Mais il avait déjà fermé l'oreille aux tendres accents de sa mère; il ferma l'oreille encore
aux lamentations de la malheureuse vouivre, et se
jeta sur son lit, poursuivant à demi endormi, à
demi éveillé, ses songes fantastiques.

CHAPITRE II

L'influence d'un trésor.

Le lendemain était un dimanche. Dès le matin, la famille se préparait à aller à l'église. Les jeunes filles tiraient de l'armoire de noyer leurs plus belles robes et leurs plus beaux fichus; les garçons se plongeaient la tête dans un seau d'eau, puis lissaient avec soin leur longue chevelure; le père Dubois lui-même s'occupait avec une certaine satisfaction de sa rustique toilette. Il était marguillier de son village, et prétendait figurer convenablement au banc d'honneur de l'église. Paul prétexta un violent mal de tête pour se dispenser de sortir.

Depuis plus de deux heures, il était assis sur son lit, tournant et retournant entre ses mains l'escarboucle et parcourant successivement dans le rapide essor de son imagination toute l'échelle des rêves les plus capricieux.

A travers cette espèce d'hallucination fiévreuse, ces vagues et flottantes chimères, une idée s'implantait opiniâtrément dans son esprit, l'idée de partir, d'abandonner l'humble demeure champêtre où son diamant ne serait qu'un trésor inutile, et de s'en aller dans quelque grande ville chercher la joie et la fortune que sa chère escarboucle devait lui donner. En quelques instants cette idée devint un projet et ce projet une décision. Il se sentait bien encore intérieurement troublé et inquiet des sollicitudes que son mystérieux départ causerait à ses parents, des larmes qu'il ferait répandre à sa bonne mère. Mais, se disait-il, je leur écrirai dès que j'aurai vendu mon diamant ; je leur enverrai assez d'argent pour acheter encore des vignes, des champs, et je viendrai les revoir dès que j'aurai à mon gré parcouru le monde. Ce qu'il ne disait pas, ce qu'il ne reconnaissait pas lui-même, c'est que la possession de ce diamant si longtemps convoité lui avait déjà changé le cœur. La veille, il avait caché à tous les regards l'escarboucle comme un larcin ; il avait refusé de répondre à sa mère ; le matin, il avait menti, et il allait commettre froidement une atroce cruauté en désertant la maison paternelle.

Dès qu'il vit ses parents cheminer vers l'église, il s'habilla, ferma la porte et, faisant le tour du village par un sentier qui côtoie les plateaux de

Hautepierre, il se dirigea vers la route de Besançon.

Arrivé à la pointe d'un coteau, à l'endroit d'où l'on découvre dans toute sa fraîche et pittoresque beauté le vallon de Mouthiers avec sa magnifique ceinture de bois et de rochers, et la vallée de Lods avec ses forêts d'arbres fruitiers, il se retourna pour voir encore les lieux qu'il allait quitter. La cloche tintait dans la vieille tour de l'église, et quelques bonnes gens en retard, portant leur livre à la main, hâtaient le pas pour arriver assez tôt à l'office divin. Un instant son âme fut émue de ce spectacle qui éveillait en lui tant de doux souvenirs, mais bientôt ses songes de fortune l'emportèrent sur cette pieuse sensation. Il détourna la tête comme pour s'arracher à une tentation dangereuse, se remit en marche et, vers le soir, il entrait par la Porte taillée, dans les murs de Besançon.

Une fois là, il s'arrêta, ne sachant trop de quel côté se diriger. Son escarboucle à la main, il se disait bien avec sa confiance de jeune homme qu'il était assez riche; mais encore fallait-il trouver un marchand, et d'abord un hôtel pour y passer la nuit.

Tandis qu'il s'en allait de côté et d'autre, les yeux en l'air, cherchant une enseigne de bon augure, il fut arrêté par un petit homme noir, dont la figure en essayant de sourire grimaçait d'une façon affreuse. Les vieilles femmes de Mouthiers, qui racontent cette véridique histoire, prétendent que ce

petit homme noir était le diable. Mais le fait n'est
nullement démontré, d'autant que le diable a toujours une difformité qui le désigne suffisamment à
l'animadversion de toute âme chrétienne, soit une
grande paire de cornes, soit un œil flamboyant ou
un pied fourchu, et l'individu dont il s'agit n'avait,
au dire même de Paul, aucun de ces signes satani-
ques. Il était habillé fort décemment, et son langage et ses manières annonçaient un personnage
parfaitement bien élevé et fort poli. Il s'approcha
de Paul le chapeau à la main, il s'enquit avec une
aimable prévenance de l'objet de ses recherches,
lui offrit de le conduire lui-même dans un très-bon
hôtel où l'on ne recevait, disait-il, que des gens
comme il faut ; puis, tout en marchant à côté de
lui, et en causant des monuments de Besançon, de
ses promenades et des fêtes publiques, il gagna si
vite et si bien la confiance de Paul, que le jeune
aventurier n'hésita pas à lui conter de point en
point qui il était, quelle découverte il avait faite,
et quel motif l'amenait dans la vieille capitale de
la Franche-Comté.

« En vérité, mon jeune monsieur, s'écria alors
l'inconnu, vous devez rendre grâce au hasard qui
m'a amené sur votre route, vous ne pouviez faire
une meilleure rencontre ; car sachez que je suis
maître Finlappi, connu dans toute la province
comme l'un des plus habiles joailliers qui existent.
Il n'y a pas ici une paire de pendants d'oreilles, un
bracelet précieux, un collier de perles qui n'ait

passé par mes mains, et je ne borne point le cercle de mes entreprises à ce qu'on peut attendre de moi dans les villes de Franche-Comté. J'ai un atelier, un magasin même à Paris. C'est là qu'il faut que vous alliez vous-même, si vous voulez user comme il convient du trésor que la fortune vous envoie. Peste! le diamant de la vouivre! Ah! il y a long-temps que je désire le voir, et je vous en donnerai sans marchander une somme dont vous serez vous-même stupéfait. Ah! vous êtes heureux, jeune homme, vous entrez dans la vie par la bonne porte, par la porte d'or, et il ne tiendra qu'à vous bientôt de faire une belle figure dans la capitale de France, de marcher de pair avec les plus riches seigneurs, de voir le roi.

— De voir le roi! s'écria Paul, qui écoutait ce dithyrambe du joaillier avec un enthousiasme toujours croissant. Vous croyez que je pourrais avoir l'honneur d'approcher le roi.

— Oui, certainement, reprit Finlappi, et c'est moi-même qui vous en donnerai les moyens si vous voulez avoir quelque confiance en moi. Ne me remerciez pas. En agissant ainsi, je ne fais que céder à mon propre penchant. Votre physionomie m'intéresse, et puis je vous le dirai, j'aime les gens heureux, les gens qui sont nés sous une bonne étoile, et qui, dès leurs premiers pas dans la vie, se trouvent choyés et dorlotés par la fortune. Il y a du plaisir à s'occuper de ces gens-là, car on sait que les services qu'on cherche à leur rendre fructifient comme la graine jetée sur une terre féconde. Quant à ces malheureux qui travaillent, qui s'épuisent pour amasser jour par jour, à la sueur de leur front, de quoi acheter une cabane et un coin de champ, ce sont des misérables dont la vie ne m'inspire qu'un profond mépris.

— Hélas! se dit Paul, mon père a travaillé ainsi, et c'est pourtant un brave homme. »

Mais il n'osa faire à haute voix cette réflexion, de peur de paraître devant son nouvel ami au-dessous de sa situation.

« Mais pour partir, balbutia Paul....

— Ah! J'entends ce que vous voulez dire. Vous arrivez de votre village de Mouthiers, où l'on voit sans doute plus de cailloux que d'écus, et votre bourse est vraisemblablement trop peu garnie, pour que vous puissiez.... C'est bon, c'est bon; je vous avancerai moi-même l'argent nécessaire pour que vous puissiez vous rendre dignement à Paris, et afin que vous ne croyiez pas que je songe à abuser de votre jeunesse et de votre confiance, vous garderez avec vous l'escarboucle, et vous me la remettrez là-bas en échange d'une belle pile d'argent. »

A cette libérale proposition, Paul fut près de se jeter dans les bras du joaillier et de le serrer sur son cœur.

« Oh! le généreux homme, se disait-il, quelle énergie de caractère! Quel esprit lumineux et quelle grandeur d'âme! Et notre bon curé qui me répétait si souvent que dans les villes, il fallait se tenir sans cesse en garde contre les voleurs et les fripons! Pour mon début, j'ai du bonheur, car, voilà un individu qui me voit pour la première fois et qui me traite avec un dévouement sans égal.

— A quoi pensez-vous donc, demanda Finlappi?

— Ah! mon digne monsieur, répondit Paul, je pense que je ne puis assez remercier le sort qui m'a fait rencontrer un homme tel que vous, et je voudrais bien, avant de partir pour Paris, écrire à mes parents pour leur raconter tout mon bonheur.

— Attendez quelques jours. Quand vous aurez vu la capitale, quand vous aurez été présenté à la cour (car il faut que vous soyez présenté à la cour), quand vous jouirez enfin de la splendide fortune que vous tenez entre vos mains, vous réjouirez bien plus le cœur de vos parents, en leur annonçant tant de merveilles.

— Vous avez raison, monsieur, reprit Paul, et je pourrai leur envoyer de Paris quelques beaux présents que je ne parviendrais peut-être pas à me procurer à Besançon.

— C'est parfaitement juste. Vous enverrez à Mme votre mère des robes de velours, des dentelles à Mlles vos sœurs, des armes damasquinées et des chaînes d'or à vos frères. »

Cette fois Paul regarda le joaillier avec défiance, pensant que ces paroles n'étaient qu'une amère moquerie; mais le visage de Finlappi ne trahissait pas la moindre apparence d'ironie.

oaillier était resté stupéfait de la splendeur de l'escarboucle, p. 167.

« Allons, se dit Paul, il parle sérieusement, et il est certain à présent que je suis immensément riche. »

Tout en causant ainsi, le jeune homme et son conducteur étaient arrivés au milieu de la rue Battans, l'une des rues les plus populeuses et les plus bruyantes de Besançon.

« Voilà, dit Finlappi, en montrant à son compagnon une large maison à pilastres noircis par le temps, voilà l'hôtel du Croissant, l'hôtel de tous les gens riches et de tous les gentilshommes du pays. Je vais moi-même vous y introduire, et demain, si vous voulez suivre mon conseil, je vous remettrai une somme d'argent avec laquelle vous pourrez voyager tout à votre aise. »

Paul n'était plus en état de faire la moindre objection à ce que lui disait le joaillier. Il se sentait dominé, fasciné par le regard, par la voix de cet homme, et le considérait comme l'être le plus noble, le plus généreux qu'il fût possible de rencontrer à la surface de la terre. Le soir, quand il se trouva seul dans la chambre qu'on lui avait assignée à l'hôtel, après avoir fait un large souper, comme un homme qui n'a pas à se préoccuper d'un vulgaire calcul d'économie, il se mit à repasser dans son esprit tout ce qu'il venait d'entendre, et à chaque parole qu'il se rappelait, il se sentait saisi d'un transport de joie inexprimable. Le joaillier après l'avoir conduit dans sa chambre n'avait demandé qu'à jeter un coup d'œil sur l'escarboucle, et il était resté stupéfait de sa splendeur.

« Vous me verrez demain, avait-il dit, et vous serez content de moi. »

Le lendemain en effet, de bonne heure, il entra dans la chambre de Paul, portant sous le bras un sac d'argent.

« Voici, dit-il, cinq cents écus que je vous donne à compte sur le marché que j'espère bientôt conclure avec vous. Ce soir même vous pourrez partir, et vous irez m'attendre rue Dauphine, hôtel de France. »

Paul lui serra la main avec une ardente reconnaissance. Il employa le reste de sa journée à échanger ses simples habits de paysan contre des vêtements plus distingués, et le soir même, il était en route pour Paris.

CHAPITRE III

Aventures de Paul.

Deux heures après son arrivée à Paris, Paul se promenait au hasard dans les rues de cette ville dont on parlait à Mouthiers comme d'une fabuleuse région. De la rue Dauphine où il était venu loger selon les indications de Finlappi, il s'était dirigé tout naturellement vers le Pont-Neuf, et quel fut son étonnement, lorsqu'à l'angle de ce pont, il aperçut au milieu d'un chaos de gens, de chevaux et de voitures, le joaillier lui-même, le joaillier qu'il croyait encore à Besançon.

« Eh quoi! s'écria-t-il, en s'élançant avec bonheur à sa rencontre, mon cher monsieur, c'est vous.

— Oui, mon jeune ami, répondit le joaillier d'un ton jovial, c'est moi-même en personne, comme

vous voyez, même habit, même chapeau, même
figure. Je me suis procuré des moyens de transport
plus rapides que les vôtres. Il y a deux jours que
je suis ici, et j'ai déjà fait bien de la besogne. D'a-
bord, j'ai vu le personnage dont je vous parlais, et
qui achètera, je crois, l'escarboucle. En second lieu,
je vous ai trouvé une demeure convenable, car
vous ne pouviez rester à l'hôtel qu'en passant.
Vous aurez près du Palais-Royal, dans le quartier
du monde élégant, votre maison à vous, vos gens,
votre carrosse, et vous pourrez dès aujourd'hui,
s'il vous plaît, commencer cette vie de gentilhomme. Je vous prierai seulement de vouloir bien
me confier l'escarboucle pour que je la fasse voir à
la personne qui désire l'acheter. Je vais vous remettre quelques milliers d'écus pour vos premières
fantaisies. Usez de votre argent largement, et quand
vous n'en aurez plus, voici mon adresse, écrivez-
moi, ou venez me trouver, ma caisse vous est ouverte. »

Paul avait passé par tant d'émotions dans l'espace de huit jours, que ces paroles du joaillier ne
pouvaient même plus le surprendre. Il accepta,
sans réflexion aucune, la proposition qui lui était
faite, reçut sans trop y regarder l'argent qui lui
était remis, et s'installa sans façon dans la riante
et coquette demeure que Finlappi lui avait fait préparer.

Il n'est chose en ce monde à laquelle on s'habi-
tue si aisément qu'à la fortune. Si tard qu'on en

jouisse, il semble qu'on y ait été préparé dès son enfance, tant on s'y trouve promptement à son aise, tant on se sent en un clin d'œil, on ne sait par quelle intuition, façonné aux allures et au langage de l'homme riche.

Tout en entrant dans les appartements dorés où il allait régner en maître, Paul, l'innocent enfant de village, se trouva subitement transformé. Il prit le ton haut et sûr, le geste superbe et impérieux. Il hésitait d'abord à demander certains services à ses gens. Bientôt il les traita sans ménagement. Il criait, il s'irritait à tout instant contre la lourdeur de l'un, contre la maladresse de l'autre, contre le peu d'invention de son cuisinier ou la lenteur de son cocher. Bientôt aussi il eut un ami; que dis-je, un ami? plusieurs amis, tous jeunes gens de la première distinction, portant l'habit à paillettes, le chapeau à plumes, l'épée au côté, et tenant à honneur de cultiver l'affection de Paul et de lui être agréable.

D'abord on l'avait appelé, dans la maison qu'il habitait, M. le chevalier; on lui donna ensuite, tout aussi libéralement, le titre de baron. Mais celui de ses amis qui lui montrait le plus de dévouement déclara qu'il ne pouvait se résigner à voir le noble Paul décoré d'une qualification si modeste, qu'il savait de source certaine par des recherches faites chez d'Hozier même que Paul était marquis, qu'il fallait que désormais chacun lui donnât le titre de marquis, et Paul s'intitula le marquis du Bois.

Si ses amis lui parlaient chaque jour de la profondeur de leur affection, lui de son côté les traitait avec une rare générosité. Bals et spectacles, promenades et soupers, le bon Paul payait toutes les parties de plaisir où ses amis le conduisaient, sans compter que maintes fois, soit à une table de jeu, soit dans quelque magasin à la mode, ces excellents amis se trouvaient dans l'embarras. Celui-ci avait oublié sa bourse; cet autre avait perdu une grosse somme au lansquenet, et Paul était là qui perdait lui-même, mais qui se croyait assez riche pour satisfaire à tous les vœux de ses compagnons et réparer tous leurs désastres.

Un respectable vieillard, qui demeurait près de lui et qui le rencontrait de temps à autre, lui dit un jour :

« Prenez garde, monsieur, on vous trompe, on vous pille et l'on rit de vous. Je n'ai pas l'honneur d'être connu de vous et vous trouverez peut-être étrange que je me permette de vous donner cet avis, mais j'obéis à une charitable pensée, et je désire qu'elle vous soit utile.

— Fi donc! s'écria Paul, comment osez-vous soupçonner l'honneur et la délicatesse d'une réunion de parfaits gentilshommes? »

Et il se précipita avec une nouvelle ardeur dans le tourbillon des fêtes où ses joyeux amis s'applaudissaient de l'entraîner.

Il va sans dire que dans un tel train de vie, l'argent que lui avait remis le joaillier devait fort lestement s'échapper de ses mains. Trois semaines n'étaient pas écoulées qu'il fut forcé de retourner à la caisse de Finlappi.

« Bravo! mon jeune gentilhomme, dit le joaillier en le voyant entrer. Je remarque avec plaisir que si la fortune vous a généreusement traité, vous n'êtes point de ces êtres stupides qui se croient obligés de dérober à tous les regards les biens dont ils devraient gaiement jouir. Je n'ai pas encore vendu votre diamant, mais prochainement, j'espère, tout sera fini. En attendant, voici, pour continuer le cours de votre aimable existence, les plus belles pièces d'or qui se puissent voir dans le royaume de France et de Navarre; ne les épargnez pas.

En parlant ainsi, le joaillier avait dans le regard, dans la voix, une expression de sarcasme froid, méchant, dont Paul fut frappé. Le jeune aventurier ne fit cependant aucune observation, il serra légèrement les pièces d'or dans les poches de son habit, et s'en alla d'un pas leste rejoindre ses gais camarades.

La semaine suivante, il revint demander la même somme, et quelques jours après encore; car le monde où il vivait l'entraînait de plus en plus, et chaque nouvelle flatterie de ses prétendus amis lui coûtait cher. On vantait ses façons exquises, son langage distingué, sa grandeur d'âme; tout, jusqu'à la forme de ses vêtements. Déjà le roi l'avait remarqué en passant et avait témoigné le désir de le

voir. Les dames du plus haut parage voulaient
le posséder dans leurs cercles. A ces louanges dé-
mesurées, Paul relevait la tête, se regardait com-
plaisamment à la glace et livrait à ses flatteurs ce
qu'il possédait.

Mais un jour, comme il se présentait chez le
joaillier pour lui demander de nouveaux sacs d'é-
cus, il fut de prime abord stupéfait de l'étrange
physionomie de Finlappi.

« Ah! monsieur le gentilhomme, lui dit avec une acerbe ironie le vieux marchand; ah! vous y allez de ce train! Je vous croyais quelque peu naïf et inexpérimenté, mais pourtant pas à ce point. En deux mois vous avez dévoré la fortune d'un prince. Voyez : voici vos reçus. Moi, pourtant, je n'ai pas encore vendu votre fameuse escarboucle, et jusqu'à ce qu'elle soit placée, je ne puis plus rien vous donner.

— Plus rien! s'écria Paul qui avait ce jour-là même plusieurs engagements à remplir.

— Plus rien! répéta sèchement Finlappi.

— Eh bien! rendez-moi donc le diamant que je vous ai confié.

— Je ne demande pas mieux si vous avez la complaisance de me rembourser les avances que je vous ai faites.

— Misérable! dit Paul, égaré par la colère.

— Ne nous emportons pas, mon jeune monsieur; chacun son affaire ici. J'ai votre diamant entre les mains, c'est vrai ; mais vous avez mon argent; rendez-le-moi avec l'intérêt légal et tout sera fini.

— Mais vous savez que cela m'est impossible.

— Je sais que vous êtes un jeune homme de la plus belle espérance, et que vous avez les plus nobles amis du monde, allez leur demander quelques cent mille livres que vous me devez et nous serons bientôt d'accord. Ne vous ont-ils pas juré cent fois qu'ils vous étaient dévoués à la vie et à la mort?

Qu'est-ce qu'une si misérable somme pour des amis qui vous aiment tant !

A ces derniers mots, prononcés avec une insultante moquerie, Paul ne put se contenir ; il s'élança sur le joaillier, le prit à la gorge et le jeta sur le parquet.

« Au secours ! au secours ! » cria d'une voix étouffée Finlappi.

En ce moment, une escouade du guet passait dans la rue. A ces cris de douleur et de désespoir, les archers se précipitèrent dans la maison, trouvèrent le vieux joaillier qui gémissait, tremblait, se débattait sous la main vigoureuse de son jeune antagoniste, et sans vouloir écouter aucune explication, ils les emmenèrent tous deux en prison.

Dès que Paul, accablé, terrassé par cette catastrophe, eut recouvré l'usage de sa réflexion, il demanda une plume, de l'encre, et écrivit à chacun de ses fidèles amis une lettre dans laquelle il racontait l'indigne outrage qu'il venait d'essuyer, les odieuses machinations dont il avait été victime, et il finissait en réclamant un prompt secours. Cette correspondance finie et expédiée, il s'attendait de minute en minute à voir apparaître dans son cachot tous ces braves jeunes gens qui lui avaient fait tant de magnifiques protestations ; mais deux jours, trois jours se passèrent et personne ne venait. Le matin du quatrième jour il était sur sa couche de paille, attendant encore, lorsqu'il entendit la voix d'un geôlier qui, le croyant endormi, disait à un de ses camarades :

« Ce jeune homme qui est là et qui a l'air si innocent, figure-toi que c'est un voleur qui a enlevé un des plus précieux diamants d'un des plus beaux magasins de Paris, et filouté plus de cent mille livres à un honnête joaillier.

— Vraiment! s'écria l'autre. Est-il possible?

— Oui, je puis te l'affirmer ; car un joli coquin qui a déjà été en prison pour je ne sais quelle mauvaise action, et qui se fait appeler le vicomte de Busan, l'a dit positivement à notre camarade Auguste qui lui portait une lettre de ce jeune homme. »

Ce coquin, ce faux vicomte dont parlait le geôlier était précisément le beau et riant cavalier qui s'était le plus ardemment attaché à la fortune de Paul, et que le pauvre enfant de la Franche-Comté regardait comme son ami le plus puissant et le plus dévoué.

En apprenant cette effroyable vérité sur l'un de ses compagnons, il pressentit ce que devaient être les autres, et se roula sur sa couche, en gémissant et en pleurant.

CHAPITRE IV

La conversion de l'enfant prodigue.

Appelé devant un des fonctionnaires de la police, le jour même où il avait fait sa fatale découverte, Paul reprit, par l'effet d'une vive réaction, sa naïveté première, et raconta simplement, franchement, tout ce qui lui était arrivé depuis le jour où il avait trouvé le diamant de la vouivre jusqu'à celui où il s'était vu traîné si ignominieusement en prison. Mais celui qui l'interrogeait ne considéra que comme un impudent mensonge l'histoire de la vouivre, et il ordonna aux archers de reconduire l'audacieux voleur au cachot, et de le garder plus étroitement que tout autre.

Dans ce temps-là, on commençait déjà à ne plus ajouter grande foi aux traditions populaires. L'agent de police était d'ailleurs un vieux malin, ha-

bitué depuis longtemps à se méfier de toutes les
belles paroles et de tous les semblants d'innocence
de ceux qu'il sommait de comparaître devant son
redoutable tribunal. Et quel moyen de croire qu'il
pouvait se trouver dans un ruisseau de la Franche-
Comté une couleuvre ailée portant au front, en
guise de prunelle, un diamant plus gros et plus
beau que tous ceux qui parent le diadème des rois?

En vérité, c'était une sotte plaisanterie, et le grave
fonctionnaire s'en voulait à lui-même d'avoir écouté
jusqu'au bout un tel conte de bonne femme.

Cependant on apprit que le joaillier enfermé
comme Paul dans un étroit cachot, barricadé, ver-
rouillé, était parvenu à s'échapper, sans que la sa-
gacité de tous les geôliers réunis pût deviner par
quel soupirail, par quelle crevasse il avait pris la
fuite. Cet incident inexplicable et qu'on ne pouvait
raisonnablement attribuer qu'à une puissance magique, jeta une première lueur favorable sur la cause
du jeune aventurier. Une fois qu'on admettait un
sortilége dans cette étrange affaire, il n'était plus si
difficile d'en admettre un second. Puis il se trouva,
par bonheur, pour le fils du vigneron, un juge
très-savant et très-estimé qui avait voyagé en
Franche-Comté, qui avait entendu parler là en maint
endroit de l'escarboucle de la vouivre, et qui, en
un patient interrogatoire, acquit la conviction qu'en
effet Paul avait bien pu trouver au bord d'un ruisseau la pierre précieuse, qu'il n'était coupable que
de s'être livré aux égarements d'une folle vie, et

d'avoir ainsi que le rapportaient les archives, maltraité le joaillier.

Sur le rapport de ce juge dont l'opinion était gé-
néralement fort respectée, Paul fut déclaré innocent
du vol qui lui était imputé, et comme on pensa
qu'il était assez puni par plusieurs jours de prison
de son acte de violence envers Finlappi, il fut remis en liberté.

Il se précipita hors de la prison avec une explo-
sion de joie impossible à décrire. Il était libre, il
respirait l'air de la rue, il pouvait aller, venir à son
gré. Mais il se trouvait seul sur le pavé de Paris,
dépouillé de tout, sans amis, sans protecteurs, sans
une seule âme qui dans cette grande ville s'inté-
ressât à sa misère et à son étrange destinée. Le
sentiment de ses fautes et de ses folies lui saisit
alors douloureusement le cœur. Il s'assit sur une
borne au coin d'une rue silencieuse, et pleura et
pria. Quand il eut fait cette salutaire prière de
l'âme repentante, il se sentit tout à coup animé
d'une vive résolution et doué d'une force toute
nouvelle. Il chercha dans sa poche, y trouva encore quelques sols, dernier reste de sa fortune
inouïe, et il partit.

Il partit, il s'en alla tout droit sur la route de
Besançon, sur cette route qu'il avait naguère par-
courue avec tant d'extravagantes illusions ; il y revenait maintenant à pied, la tête baissée, l'esprit
humilié, mais affranchi de ses funestes chimères.

Au bout de cette route était le refuge assuré, le

toit paternel, le foyer paisible où il pouvait encore
rentrer avec un nom profané, mais plein de repentir. A quelque distance de Paris, il rencontra un
paysan avec lequel il échangea son habit brodé
contre un sarrau, son collet de dentelle contre une
cravate de laine, ses bottes fines contre une paire
de gros souliers, et son feutre galonné contre un
grossier chapeau. Le paysan faisait un bon marché
et Paul se voyait avec ce rustique costume tel qu'il
était autrefois, tel qu'il voulait être désormais.

Quand il arriva au sommet du coteau d'où il s'é-
tait retourné pour dire un dernier adieu à son village, c'était l'heure de midi, par une belle journée
de printemps. Les environs de la vallée, déjà couverts de boutons de fleurs, répandaient leurs par-
fums dans les airs ; les collines et les champs
étaient tapissés d'une fraîche verdure ; les oiseaux
gazouillaient sur les branches des noisetiers et de
l'aubépine. Les flots de la Loue étincelaient aux
rayons du soleil entre les rameaux d'arbres, et l'an-
gélus tintait dans le clocher de l'église. Çà et là on
voyait passer sur les collines, dans le vallon, un
paysan qui retournait à son travail, une femme qui
allait porter le dîner aux ouvriers, un enfant qui
courait gaiement le long du sentier, et il y avait
dans cette grande nature, éclairée par un beau jour,
animée par le mouvement champêtre, inondée de
tant de fleurs, parée de tant de grâce, un tel calme
et un tel charme que l'imagination de l'homme le
plus froid en eût été ravie.

« Ah mon Dieu ! mon Dieu ! s'écria Paul en joignant les mains, et en promenant ses regards avec une profonde émotion sur le tableau qui l'entourait. Là était le repos, là était le bonheur, et j'ai tout quitté, tout pour une erreur, pour un abîme. Mon Dieu, pardonnez-moi. »

En exhalant ce cri de regret, il s'avançait vers .es vignes où il avait travaillé avec ses frères. Il se glissait pas à pas comme un coupable derrière une haie de pruniers, et quand il fut au pied des ceps que cultivait la main de son père, il vit toute sa famille assise sur le sol, et partageant le frugal repas de la journée, ses frères et ses amis mangeant d'un bon appétit, et causant gaiement entre eux, son père qui semblait les écouter, et qui pourtant avait l'air soucieux, et sa mère assise à quelques pas de distance, sa mère pâlie et vieillie, la tête appuyée sur une de ses mains, qui ne mangeait pas, n'écoutait pas et ne parlait pas.

A cet aspect, il ne fut plus maître de lui ; un cri irrésistible s'échappa de ses lèvres ; son cœur l'emporta.

« Ma mère, ma mère, » dit-il.

Et il se précipita dans les bras de la pauvre femme dont la voix s'éteignait dans les sanglots.

« C'est lui, dit le père, en essuyant de sa main calleuse une larme dans ses yeux. Te voilà revenu, mon garçon, et nous ne te demanderons pas ce que tu as fait depuis que tu nous a quittés. Il y a de a besogne ici. Veux-tu t'y mettre bravement et ne plus songer à toutes les folies que tu as prises je ne sais où?

— Ah! je le veux bien, s'écria Paul en embrassant tour à tour ses frères et ses sœurs.

— Eh bien! femme, reprit le vigneron, donne-nous une cuillère : le pauvre garçon a peut-être faim et ne sera pas fâché de prendre sa part de ce lait caillé, quoiqu'il ait sans doute goûté d'autres friandises dans ses voyages. »

Paul s'assit par terre, savoura avec bonheur le mets qui lui était offert, et pour prouver qu'il revenait pleinement corrigé de ses erreurs, il prit une bêche et travailla bravement jusqu'au soir.

Mais le soir, il s'en alla trouver son bon vieux curé, lui fit, pour achever de se soulager l'âme, la confession de ce qui lui était arrivé, et le prêtre lui dit :

« Souvenez-vous, mon enfant, que la fortune qui nous vient sans que nous l'ayons méritée, n'engendre qu'un sot orgueil, et de funestes illusions ; que la joie est dans le bien qu'on acquiert par un patient travail, et le bonheur dans le devoir. »

La bonne femme de Mouthier qui racontait cette
vieille histoire ajoutait que Paul profita de ces sa-
gés conseils, qu'il devint comme son père, un bon
ouvrier, et un honnête chef de famille.

LE VASE DE LARMES

Il y avait une fois une bonne et tendre veuve qui était la mère d'une gentille petite fille. Elle aimait cette fille par-dessus tout. Elle ne pouvait une seule minute s'en séparer. Et voilà que tout à coup la douce enfant tombe malade, dépérit et meurt. En la perdant, sa mère qui l'avait veillée jour et nuit sans céder un instant à la fatigue, se sentit saisie d'une douleur inexprimable ; elle ne voulait plus prendre aucune nourriture, et sans cesse elle pleurait et se lamentait. Un soir, comme elle était affaissée dans son désespoir à l'endroit même où son enfant avait rendu le dernier soupir, la porte de la chambre s'ouvrit, et elle vit apparaître sa chère petite morte avec un regard et un sourire d'ange. Elle portait à la main un vase rempli jusqu'au bord, et

elle dit : « Oh ! ma bonne mère, ne pleure plus
ainsi. Vois : l'ange du deuil a recueilli tes larmes
et les a mises dans ce vase. Si tu pleures encore,
il débordera. Tes pleurs couleront sur moi et trou-

bleront mon repos dans la tombe, mon bonheur
dans le ciel. »

La petite fille alors disparut. La mère se calma et
cessa de pleurer pour ne plus l'affliger dans sa joie
céleste.

TOM POUCE

Conte populaire anglais.

Au temps du roi Arthur, un jour, le célèbre enchanteur Merlin étant en voyage s'arrêta fatigué à la porte d'un honnête laboureur et demanda la permission de s'y reposer. La femme du laboureur l'accueillit très-poliment, lui offrit du lait dans un vase de bois, et du pain sur un plateau en bois.

Tout était propre, bien rangé, en bon ordre dans cette habitation. Mais ceux à qui elle appartenait avaient l'air très-triste. Merlin les interrogea avec bonté, et apprit que leur chagrin était de n'avoir pas d'enfants.

« Hélas! dit la femme en pleurant, je serais la plus heureuse créature de la terre, si seulement j'avais un fils, ne fût-il pas plus grand que le pouce de son père. »

Cette idée d'un garçon pas plus haut que le pouce anima Merlin. Quand il fut de retour dans sa demeure, il envoya chercher la reine des fées, qui était son amie, et la pria d'accomplir le désir de la femme du laboureur.

Ainsi fut fait. En quelques minutes, naquit dans le cottage où l'enchanteur s'était arrêté, un enfant tout petit, tout petit. La reine des fées vint le voir dans son lit, lui donna le nom de Tom Pouce, et ordonna à quelques fées de lui façonner des vêtements.

D'une feuille de chêne, on lui fit un chapeau; d'une toile d'araignée, sa chemise; d'un tissu de duvet de chardon son pourpoint et son pantalon; d'une pelure de pomme, ses bas; de deux sourcils de sa mère, ses jarretières; d'une peau de souris, ses souliers.

Tom ne fut jamais plus grand que le pouce de son père qui n'était pas grand, mais malgré sa petite taille il fallait se défier de lui, et sa mère ne le gouvernait pas aisément. Quelquefois il se glissait dans la poche des enfants de son âge et leur dérobait leurs fruits. L'un d'eux l'ayant surpris au moment où il commettait un de ces larcins, le mit pour le punir dans un sachet rempli de noyaux de cerises et le secoua de telle sorte que les noyaux

lui meurtrirent les bras et les jambes. Il demanda humblement grâce, promettant de ne jamais plus rien dérober.

Quelque temps après, il monta par curiosité sur le bord d'un vase, dans lequel sa mère avait mis avec soin tous les ingrédients nécessaires pour faire un bon mets sucré, autrement dit un pouding. En se penchant pour voir ce qu'il y avait là de jaunes d'œufs, de raisins de Corinthe et de fine farine, il tomba au fond de cette pâte, et tâchant d'en sortir, il se levait sur ses petits pieds, agitait sa tête et ses bras, et faisait de tels soubresauts, que sa mère voyant cette incompréhensible agitation de son pouding, pensa qu'il était ensorcelé et le donna à un charbonnier qui le mit dans son sac. Tom Pouce étant parvenu à se délivrer de la farine qui lui était entrée dans la bouche, se mit à pousser des cris si aigus que le charbonnier épouvanté jeta le pouding dans une haie. Là, enfin, le pauvre Tom Pouce parvint à se dégager de la pâte où il était si malheureusement tombé, et retourna clopin clopant près de sa mère, qui le lava et le mit au lit.

Une autre fois il allait voir traire la vache dans le pré. Sa mère craignant que le vent ne l'emportât, pendant qu'elle faisait son opération, l'avait attaché à un chardon. Tout à coup, elle entendit une voix lamentable qui lui criait :

« Mère, mère, à mon secours.

— Où donc es-tu, mon petit Tom, demanda la mère effrayée.

— Ici, dans le gosier de la vache. »

C'était la vache en effet, qui en prenant d'un coup de dent le chardon, prenait en même temps Tom Pouce. Par bonheur, elle resta un instant la mâchoire ouverte ; le petit Tom profita de l'occasion pour s'élancer par terre ; sa mère le ramassa, le mit dans son tablier, et l'emporta au logis.

Mais, il devait avoir bien d'autres aventures. Un jour qu'il se promenait dans les champs, un cor-

Le petit Tom profita de l'occasion pour s'élancer par terre, p. 190.

beau l'enleva avec un épi et le déposa sur un rocher, d'où il roula dans la mer. Un poisson l'a-
vala.

Un pêcheur ayant pris dans ses filets ce poisson
d'une grosseur rare, l'offrit au roi Arthur. Quand
on l'éventra, Tom en sortit tout vivant. Le roi char-
mé de voir cet alerte petit bonhomme, le nomma
son nain favori, et lui assigna un logement parti-
culier dans son palais. Quand il montait à cheval,
souvent il plaçait Tom devant lui sur le pommeau
de sa selle. Si la pluie tombait, il le cachait dans sa
poche. Une fois, il l'interrogea sur ses parents, et
quand il apprit que c'étaient de pauvres gens, il lui
dit d'aller les voir et de leur porter autant d'argent qu'il pourrait en porter.

Tom se procura une bourse, y mit une pièce d'or de
l'épaisseur à peu près d'une des pièces actuelles de
vingt centimes, chargea sur ses épaules cette bourse,
qui lui semblait une lourde sacoche, et, toujours
marchant, arriva épuisé de fatigue dans son village,
avec son sac sur le dos ; il avait pendant deux jours
et deux nuits cheminé sans s'arrêter pour traverser
un espace d'une demi-lieue. Ses parents furent
heureux de le revoir, et bien étonnés de l'énorme
pièce d'or qu'il avait apportée. Ils le firent asseoir
dans une coquille de noix près du feu, et, pendant
trois jours, le régalèrent d'une noisette. Cependant
il voulait retourner près du roi, mais comme la
terre était un peu trempée par la pluie, il ne pouvait
se mettre en route. Sa mère alors le posa sur la

paume de sa main, et d'un souffle l'envoya dans la
cour du roi

De nouveau, il amusa Arthur et les chevaliers de
la Table ronde par ses espiègleries, et par l'agilité
de ses mouvements. Comme il était d'une nature
très-belliqueuse, il voulut s'exercer au manie-
ment des armes, assister aux joutes et aux tour-
nois. Il s'y fatigua de telle sorte qu'il en fut mor-
tellement malade. La reine des fées ayant pitié de
lui, le plaça dans son chariot traîné par une souris
ailée, le transporta dans son palais, et l'ayant bien
guéri, le renvoya au roi.

Et voilà qu'un jour, l'innocent Tom est accusé
d'avoir empoisonné le cuisinier d'Arthur. Malgré
ses protestations il est arrêté, et condamné à mort.
En entendant prononcer cette terrible sentence,
Tom remarqua un meunier qui se tenait près de
lui, la bouche ouverte. Il fait un bond, s'élance et
disparaît dans cette bouche. Personne ne savait ce
qu'il était devenu. Mais Tom ne pouvait rester tranquille dans le refuge qu'il avait si heureusement
trouvé. Il se promenait, montait et descendait dans
le gosier du meunier. Le pauvre homme ainsi tourmenté, et ne comprenant rien aux souffrances qu'il
endure, envoye chercher successivement plusieurs
médecins. L'un après l'autre, tous lui prescrivent
des remèdes inutiles. Au milieu de leur consulta-
tion il se met à bâiller. Aussitôt le petit Tom s'é-
lance hors de sa prison et tombe debout sur la table.
Le meunier surpris de voir ce petit être qui lui avait

fait si mal, le prend entre ses doigts, et le jette dans
la rivière. Un saumon l'avale. Il sort encore de ce
saumon et reparaît devant le roi qui ayant reconnu

l'injustice de la sentence portée contre lui, le re-
prend à son service, lui donne un titre de noblesse,
et le fait habiller magnifiquement.

Avec des ailes de papillon, on lui façonne uné chemise; avec de la peau de poulet, des bottes; une aiguille de tailleur est son épée, et un rat son cheval de bataille.

Ainsi équipé, il allait à la chasse avec le roi et la noblesse, et chacun s'amusait à le voir galoper et parader. Un matin, comme il chevauchait fièrement sur son rat à travers un village, un chat s'élance sur lui, le jette à bas d'un coup de griffe et saisit le rat pour le dévorer. Mais Tom tirant bravement son épée, met en fuite ce terrible ennemi. La griffe du chat a pourtant déchiré son beau pourpoint et lui a fait une profonde entaille dans la poitrine.

De nouveau la reine des fées le conduit dans son palais, le guérit radicalement, puis d'un souffle le renvoie au roi. Le célèbre Arthur était mort; son successeur Thumstom ne connaissait pas le petit homme.

« Qui es-tu? » lui dit-il, quand il le vit un jour tomber dans son château.

Tom répondit:

« Je suis Tom Pouce; je viens de la terre des

fées. Au temps du roi Arthur je demeurais ici. Il
m'aimait, il me protégeait. Il m'anoblit.

— Très-bien, répliqua Thumstom. J'aurai aussi
soin de toi. »

Il lui fit construire un grand beau palais d'un demi-
pied de hauteur. Il lui fit faire une chaise pour qu'il
pût s'asseoir à la table royale. Jamais Tom n'a-
vait été si choyé. Mais la faveur des cours n'est

souvent pas de longue durée. Thumstom ayant
donné à son petit favori un carrosse attelé de six
souris blanches, la reine, furieuse de n'avoir pas
aussi un nouvel équipage, accusa Tom d'avoir été
insolente envers elle, et le roi jura de le punir sans
miséricorde. Le faible Tom pour échapper au châti-
ment qui le menaçait se cacha dans la coquille d'un
limaçon, et y resta si longtemps qu'il faillit y mourir d'inanition. Il sortit enfin de sa sombre cellule et

pour s'éloigner au plus vite du palais où il avait à redouter la colère du roi et la haine implacable de la reine, il se mit sur le dos d'un papillon qui l'emporta dans la campagne. Mais il n'avait ni selle, ni bride, pour gouverner cette monture aérienne. Il ne put longtemps y garder son équilibre et tomba au coin d'un mur. Là, une grosse araignée étendit sur lui ses longues pattes. Il tira son épée pour se défendre. Inutile bravoure. La féroce bête lui distilla dans le corps un poison dont il mourut.

Ainsi finit l'histoire du pauvre petit Tom Pouce.

LES ENFANTS DANS LES BOIS

Poésie allemande.

Trois enfants, se rendant ensemble à l'école, réfléchissent que c'est bien ennuyeux d'étudier, et se disent : « Allons au bois, nous y trouverons toutes sortes de jolis animaux qui n'ont rien de mieux à faire que de jouer, et nous jouerons avec eux. »

Ils s'en vont, et passent sans oser s'arrêter devant l'active fourmi, et s'écartent aussi de l'abeille. Mais le hanneton, qu'ils invitent à s'associer à leur récréation, leur dit :

« Y songez-vous ? Il faut en ce moment que je me construise, avec ces brins d'herbe, un nouveau pont, le mien n'étant plus solide.

— Moi, dit la souris, je dois faire mes provisions pour l'hiver.

— Moi, dit la blanche colombe, j'ai plusieurs choses encore à porter dans mon nid.

— Moi, dit le lièvre, je m'amuserais volontiers à courir avec vous, mais je n'ai pas encore lavé mon museau ce matin. Avant tout, je dois faire ma toilette.

— Et toi, gentil ruisseau, s'écrient les petits déserteurs, toi qui sautilles et babilles si bien, ne veux-tu pas jouer avec nous?

— Ah! voilà de sots enfants, répond le ruisseau. Comment? Vous vous figurez donc que je suis inoccupé! Eh! nuit et jour, je n'ai pas un moment de repos. Il faut que je désaltère les hommes et les animaux, que j'arrose les collines, les vallées, les champs et les jardins. Il faut que j'éteigne les incendies, que je fasse mouvoir des forges, des moulins, des scieries. Je n'en finirais pas, si j'essayais de vous énumérer tous mes différents emplois. Adieu. Je suis pressé. »

Les enfants, déconcertés, lèvent les yeux en l'air, et aperçoivent un pinson perché sur une branche:

« Ah! lui disent-ils, toi qui n'as rien à faire, veux-tu venir jouer avec nous?

— Rien à faire? Êtes-vous fous, répond le pinson. Pendant le jour, il faut que j'attrape des mouches pour ma nourriture. Il faut que je fasse ma partie dans le concert des autres oiseaux, que je récrée par mes chants le pauvre ouvrier dans son travail, que j'endorme les enfants par un autre chant, et que soir et matin je célèbre les louanges de Dieu. Allez, petits paresseux que vous êtes, allez aussi à votre devoir, et ne venez plus troubler les habitants des forêts, qui tous ont leur tâche à remplir. »

Les enfants ont profité de cette leçon, et ils ont reconnu que le plaisir est doux quand il est la récompense du travail.

LE ROUGE-GORGE

Dans les rigueurs de l'hiver, un rouge-gorge vint frapper à la fenêtre d'un bon paysan, comme pour lui demander la permission d'entrer. Le paysan ouvrit la fenêtre, et reçut amicalement dans sa demeure la confiante petite bête. Alors le rouge-gorge se mit à becqueter les miettes de pain qui tombaient de la table, et les enfants du paysan se réjouissaient de le voir.

Mais lorsque le printemps apparut dans la contrée et que les arbrisseaux se couvrirent de feuilles, le paysan ouvrit sa fenêtre, et son petit hôte s'envola dans la forêt voisine, et chanta sa joyeuse chanson.

Puis voilà qu'au retour de l'hiver, le rouge-gorge revient au foyer du paysan, amenant avec lui sa petite compagne. Et le paysan et ses enfants se plaisaient à voir comme les oiseaux les regardaient avec confiance :

« Ah! dit l'un des enfants, ils nous regardent comme s'ils voulaient nous dire quelque chose.

—Oui, répliqua le père, et s'ils pouvaient parler, ils vous diraient : La confiance éveille la confiance, et l'affection produit l'affection. »

LA FINE ALICE

Conte anglais.

Il y avait une fois deux bonnes gens qui avaient une fille qu'on appelait la fine Alice.

Quand elle fut grande, le père dit :

« Il faut songer à la marier.

— Oui, répondit la mère, pourvu que nous trouvions un jeune homme digne d'elle. »

Un jeune homme, nommé Jean, se présenta : très-excellent parti. Il désirait épouser Alice. Mais, avant tout, il voulait savoir si elle était d'une nature prévoyante :

« Soyez-en sûr, répondit le père, c'est une fameuse tête.

— Elle est si fine, ajouta la mère, qu'elle peut voir le vent souffler et entendre les mouches tousser.

— Très-bien, dit Jean ; mais rappelez-vous que si elle n'est pas prévoyante, je ne l'épouse pas. »

Un instant après, comme c'était l'heure du dîner, la mère dit à Alice d'aller à la cave tirer de la bière.

Elle prit un cruchon, descendit l'escalier, posa une chaise devant le tonneau, et s'assit, pour ne pas être obligée de se courber, car elle pensait qu'en se courbant elle pourrait se faire mal. Ensuite elle mit sa cruche sous le tonneau, tourna le robinet, et, pour ne pas laisser ses yeux inoccupés, elle regardait de côté et d'autre ; et voilà qu'elle aperçoit au-dessus de sa tête une hache que des ouvriers avait laissée sur une planche par mégarde.

« Ah! s'écrie-t-elle, si j'épouse Jean, si nous avons un enfant, et si un jour nous envoyons cet enfant tirer de la bière à la cave, cette hache peut tomber sur lui et le tuer. »

En faisant cette douloureuse réflexion, elle se mit à pleurer.

Cependant ses parents et son fiancé, assis à table, l'attendaient. Comme elle ne remontait pas, sa mère ordonna à la servante d'aller voir ce qui la retenait.

La servante la trouva pleurant à chaudes larmes, et lui demanda la cause d'une telle affliction.

« Hélas! dit Alice, regarde cette hache. Si j'épouse Jean, si nous avons un enfant, et si un jour nous envoyons cet enfant tirer de la bière à la cave, cette hache peut tomber sur lui et le tuer.

— Oh! s'écria la servante, on a bien raison de vous appeler la fine Alice. »

Et à l'idée du malheur prévu par sa maîtresse, elle se mit aussi à pleurer.

« Mais, j'ai soif! s'écriait le père dans la salle à manger, et on n'apporte point de bière. »

Il ordonna à son domestique d'aller voir ce qui se passait à la cave.

Le domestique descendit, et vit sa jeune maîtresse pleurant avec sa servante. Alice lui ayant dit la cause de sa douleur,

« Ah! s'écria-t-il, on a bien raison de vous appeler la fine Alice. »

Et il se mit à pleurer avec elle.

« Mais, disait le père, c'est étrange qu'on ne revienne pas de la cave. Vas-y donc, ma femme, et fais en sorte que nous ayons enfin de la bière. »

Un instant après, Alice racontait à sa mère l'idée

qui lui était venue en voyant la hache oubliée au bord d'une planche. La mère criait :

« Ah! qu'on a bien raison de t'appeler la fine Alice! » et se mettait aussi à pleurer.

Enfin, le père, impatienté, descend lui-même à la cave, apprend la crainte qui a saisi le cœur de sa fille, s'écrie : « Oh! la fine Alice! » et s'assoit près d'elle en sanglotant.

Le fiancé, qui attendait dans la salle à manger, se décide aussi à descendre; voit son beau-père, sa belle-mère, la jeune fille et le domestique pleurant, et demande d'où provient un tel chagrin.

« Regardez, cher Jean, lui dit Alice, cette hache. Si nous étions mariés, si nous avions un enfant, et si un jour nous envoyions cet enfant tirer de la bière à la cave, cette hache pourrait tomber sur lui et le tuer.

— C'est bien, répliqua Jean, vous avez autant de prévoyance que je puis en désirer. Vous êtes vraiment la fine Alice, et vous serez ma femme. »

A ces mots, il la prit par la main, la conduisit dans la salle à manger et les noces furent préparées immédiatement.

Quelque temps après, Jean dit un matin à sa femme :

« J'ai à quelque distance de notre village une tâche à remplir. Pendant ce temps, vous devriez aller dans les champs, ramasser du blé pour faire du pain.

« Très-volontiers, » reprit Alice, et comme elle

était si prévoyante, elle commença par se munir d'un bon panier de provisions.

Quand elle fut dans les champs, elle se dit: « Que faire d'abord? Faut-il manger ou travailler? Mieux vaut manger. C'est une bonne précaution. »

Après avoir fini son repas, comme elle était si prévoyante, elle pensa aussi que ce serait une bonne précaution de se reposer. Elle se coucha dans les blés et s'endormit.

Jean étant de retour au logis et n'y trouvant pas sa femme, se dit: « Ah ! la chère Alice, elle est si laborieuse qu'elle ne prend pas même le temps de revenir à la maison pour manger. »

Le soir cependant, comme elle ne reparaissait pas, il alla la chercher dans le champ où il l'avait envoyée, et vit qu'elle n'avait absolument rien fait et dormait tranquillement dans les blés. Alors il courut à sa maison et en rapporta un filet garni de petites sonnettes qu'il lui mit sur la tête, puis il s'en retourna et ferma sa porte.

A la fin Alice s'éveilla, et en se levant fit résonner les petites sonnettes attachées au filet qui lui couvrait la tête. Tout étonnée et effrayée de ce bruit, elle ne savait plus si elle était elle-même. Elle se demandait, suis-je bien Alice?

Ne pouvant résoudre elle-même cette question, elle s'avança vers sa demeure, frappa à sa fenêtre, et d'une voix inquiète:

« Jean, Jean, Alice est-elle là?

— Oui, répondit-il.

— Hélas! s'éccria-t-elle, je ne suis donc pas Alice ? »

Elle voulait pourtant adresser la même question en d'autres maisons. Mais à l'aspect de son filet, au bruit de ses sonnettes, chacun prenait la fuite.

Elle sortit du village, et plus jamais on n'a entendu parler d'elle.

LES PÊCHES

Un ouvrier de la campagne rapporta un jour à sa femme et à ses quatre enfants cinq belles pêches. Les enfants voyaient ce fruit pour la première fois, et en admiraient la fraîche couleur et le fin duvet.

Le soir, le père leur dit:

« Avez-vous mangé le beau fruit que je vous ai donné ce matin ?

— Oui, s'écria l'aîné. C'est excellent. Aussi, j'en ai soigneusement gardé le noyau ; je le planterai, et j'espère qu'il en sortira un arbre.

— Bien, dit le père, c'est une bonne chose que d'être économe et de penser à l'avenir.

— Moi, dit le plus petit, j'ai tout de suite mangé ma pêche, et ma mère m'a encore donné la moitié de l'autre. C'était doux comme du miel.

— Ah! répondit le père, tu as été un peu gour-
mand. Mais à ton âge, c'est pardonnable. Les années
te corrigeront, j'espère, de ce défaut.

— Moi, dit un troisième, j'ai ramassé le noyau
que mon petit frère avait jeté par terre. Je l'ai brisé,
et j'y ai trouvé un autre noyau qui avait le goût
d'une noix. Mais j'ai vendu ma pêche, et avec l'ar-

gent que j'en ai reçu, je puis en acheter plusieurs
autres quand j'irai à la ville. »

Le père secoua la tête :

« Cela peut paraître une ingénieuse idée, mais
j'aimerais mieux moins de calcul. Et toi, Edmond,
as-tu goûté ta pêche?

— Mon père, répondit Edmond, je l'ai portée au

fils de notre voisin, au pauvre Georges qui est malade de la fièvre. Il ne voulait pas la prendre, mais je l'ai posée sur son lit, et me suis éloigné.

— Eh bien, mes enfants, demanda le père, qui de vous a fait le meilleur usage de ces beaux fruits que je vous ai donnés? »

Et trois des garçons s'écrièrent:

« C'est notre frère Edmond. »

Edmond cependant ne disait rien, et sa mère l'embrassa avec des larmes dans les yeux.

JACQUES ET LA TIGE DE HARICOTS

Conte populaire anglais.

Au temps du roi Alfred, dans une maisonnette à quelques lieues de Londres, vivait une pauvre veuve avec son fils unique nommé Jacques. Elle aimait tant son fils qu'elle ne pouvait rien lui refuser, et il était indolent, étourdi, souvent désordonné. Peu à peu il vint à dissiper tout ce qu'elle possédait. Un jour alors, pour la première fois de sa vie, elle lui fit un reproche.

« Cruel enfant, lui dit-elle, tu m'as réduite à la mendicité. Je n'ai plus un denier pour acheter un morceau de pain, je n'ai plus qu'une vache et il faut la vendre, à mon grand regret. »

Jacques, à ces mots, éprouve un sentiment de remords, car au fond il n'avait pas le cœur mauvais,

mais il était mal élevé. Quelques instants après, il
pria sa mère de lui confier la vache pour qu'il allât
la vendre au village voisin. Elle ne voulait pas d'a-
bord lui abandonner cette affaire. Mais elle finit par
céder, comme elle cédait à tout ce qu'il lui demandait.

Il se mit en route, et rencontra un boucher qui
portait dans son chapeau des haricots de différentes

couleurs et d'une forme singulière. Il connaissait la
légèreté d'esprit de Jacques. Il lui montra comme
une chose des plus précieuses ses légumes, et lui
fit de tels contes que l'innocent Jacques offrit de
donner sa vache en échange de ces curieux haricots.
Le malin boucher après s'être fait un peu prier cède
comme à regret aux instances de Jacques qui s'en

retourne au logis, tout joyeux de son marché et impatient de l'annoncer à sa mère.

« Malheureux! lui dit-elle, quand il lui eut narré son aventure, comment as-tu pu te laisser ainsi duper par un fripon! »

Dans sa colère, elle jeta les haricots par la fenêtre, puis se mit à pleurer. Jacques essaya vainement de la consoler. Elle s'écriait qu'elle n'avait plus rien, absolument plus rien. En effet, il ne lui restait pas une obole, et pas la moindre provision. Ce jour-là, elle se coucha ainsi que son extravagant fils, sans souper.

Le lendemain matin, Jacques en s'éveillant fut tout étonné de voir la fenêtre de sa chambre voilée par une grande ombre. Il descendit au jardin et vit que les haricots avaient germé pendant la nuit et pris un développement inimaginable. Leurs tiges étaient très-épaisses, enlacées l'une à l'autre, et leur cime se perdait dans les nuages.

Jacques était un garçon aventureux. Il résolut de grimper en haut de ces plantes prodigieuses, et communiqua son désir à sa mère qui tenta inutilement de l'en détourner. En dépit des terreurs et des supplications de la malheureuse veuve, il commença son ascension, et en quelques heures parvint au sommet des tiges des haricots. De là, il se trouva tout à coup transporté au loin. En promenant ses regards autour de lui, il vit une étrange contrée, une immense terre déserte, pas un arbre, pas une maison, pas un être vivant. Il s'assit tristement sur une pierre, songeant à sa mère, regrettant de lui avoir désobéi, et pensant que sur ce sol aride, il était destiné à mourir de faim.

Cependant il se mit en marche pour voir s'il ne ferait pas quelque heureuse découverte, et il ne trouva rien à boire et rien à manger, mais il vit une belle personne qui se promenait toute seule. Elle était élégamment vêtue et portait à la main une baguette à l'extrémité de laquelle était un paon en or.

Jacques, qui n'était point timide, alla tout droit la rejoindre. Elle lui demanda avec un ravissant sourire comment il se trouvait dans cette région. Il lui raconta l'histoire des haricots. Alors, elle lui dit :

« Vous souvenez-vous de votre père ?

— Non, madame, répliqua-t-il, mais il y a, j'en suis sûr, en ce qui tient à lui quelques mystères, car chaque fois que je prononce son nom devant ma mère, elle se met à pleurer et ne veut pas me dire pourquoi.

— Elle ne le peut, mais moi je le puis. Apprenez, jeune homme, que je suis une fée, et que j'étais la gardienne de votre père. Les fées sont soumises à des lois aussi bien que les mortels. Par une erreur que j'ai commise, j'ai été privée de mon pouvoir pendant de longues années. Je n'ai pu secourir votre père quand il avait le plus besoin de moi, et il est mort. »

En prononçant ces mots, la fée avait une si dou-

loureuse expression de physionomie que Jacques
en fut tout ému. Il la regarda avec un sentiment
de gratitude et la pria de continuer.

« Je le veux bien, dit-elle, mais à une condition,
c'est que vous m'obéirez ponctuellement. Sinon,
vous périrez misérablement. »

Jacques était d'un caractère résolu, et à tout hasard n'avait rien de mieux à faire que de promet-
tre. Il engagea bravement sa parole.

« Votre père, reprit la fée, était un homme de
cœur et un homme heureux, ayant une excellente
femme, une grande fortune et des serviteurs fidèles.
Par malheur, il avait un ami perfide, un géant auquel il avait rendu un considérable service. Ce
monstre dépouilla votre père de ses biens, le tua,
et fit jurer à votre mère de ne jamais rien vous révéler de cette horrible histoire, menaçant de la tuer
elle-même si elle manquait à ce serment. Puis il
la chassa avec vous de la maison où elle avait
vécu. Je ne pouvais alors vous assister. Je ne de-
vais reprendre ma puissance que quand vous auriez
vendu votre vache. C'est moi qui ai suscité en vous
l'idée de l'échanger pour des haricots, et le désir
de monter au haut de ces tiges féeriques qui devaient vous mettre dans ce pays où réside l'abomi-
nable géant. C'est vous qui devez venger la mort
de votre père ; c'est vous qui devez délivrer le monde
d'un scélérat qui ne fera jamais que du mal. Je
vous aiderai dans cette entreprise. Vous prendrez
possession de la maison du géant et de tout ce qu'il

possède. Tout cela a appartenu à votre père. Maintenant, adieu. Ne dites pas un mot à votre mère de la révélation que je vous ai faite. Sinon, vous vous en repentirez. A présent, allez.

— Où dois-je aller? demanda Jacques.

— Tout droit devant vous jusqu'à ce que vous voyiez la maison habitée par le géant. Agissez alors selon votre jugement. Si vous êtes arrêté par quelque difficulté, je viendrai à votre secours. Adieu. »

A ces mots, la fée disparut.

Jacques se mit en route comme elle le lui avait ordonné. Il marcha sans s'arrêter jusqu'après le coucher du soleil, et enfin il vit devant lui une grande maison. Sur la porte était une femme d'une assez bonne apparence. Il s'avança vers elle, et lui demanda si elle pouvait lui donner un morceau de pain et un asile pour la nuit.

« Eh! comment, s'écria-t-elle, êtes-vous ici? Personne n'ose s'approcher de cette demeure, car on sait que mon mari est un puissant géant qui voudrait se nourrir uniquement de chair humaine. Il s'en va bien loin en chercher, et c'est dans ce but qu'il est sorti dès le matin. »

De telles paroles n'étaient pas encourageantes. Mais Jacques espérait se soustraire aux féroces appétits du géant, et il dit :

« Ayez pitié de moi, accordez-moi un asile pour cette nuit, et cachez-moi où vous voudrez. »

La femme de l'ogre se rendit enfin à cette demande, car elle était charitable et généreuse. Elle

fit entrer l'aventureux voyageur d'abord dans une
grande salle magnifiquement meublée, puis dans
d'autres chambres très-vastes, mais abandonnées
et dégradées, et ensuite dans une longue galerie
séparée par une grille en fer d'un donjon où étaient
enfermés les malheureux que le géant avait pris
et qu'il réservait pour ses horribles festins. En
entendant les cris et les gémissements de ces pauvres victimes, Jacques pâlit. Il aurait bien voulu
être en ce moment près de sa mère. Il craignait de
ne plus la revoir; il craignait que la femme du
géant, avec son apparence de bonté, ne lui eût ouvert la porte de sa demeure que pour l'emprison-
ner aussi dans le fatal donjon. Cependant, elle le
pria de s'asseoir, et lui donna à boire et à manger.

Il commençait à se rassurer, quand soudain des
coups violents résonnèrent à la porte de telle façon
que la maison en semblait ébranlée.

« Ah! s'écria la pauvre femme toute tremblante,
c'est le géant ; il vous tuera et me tuera, s'il vous
voit.

— Cachez-moi dans le poêle, » dit Jacques, résolu à chercher l'occasion de venger la mort de
son père.

Il se blottit dans un grand poêle où, depuis quelque temps, on n'avait point allumé de feu. De là
il entendit le pas lourd du géant et sa voix effrayante.
Puis, par une crevasse, il le vit se mettre à table,
et fut stupéfait de la quantité d'aliments et de boisson qu'on lui servait.

Après avoir assouvi son formidable appétit, le
monstre cria d'une voix de tonnerre à sa femme:

« Apporte-moi ma poule. »

Elle obéit aussitôt. Elle lui remit une très-belle
poule qu'il posa sur la table en lui disant :

« Ponds. »

A l'instant elle pondit un gros œuf d'or.

« Un autre, dit-il, un autre encore, » et chaque
fois qu'il donnait cet ordre, un nouvel œuf sortait
des flancs de la poule.

Il s'amusa ainsi quelques moments, puis renvoya
sa femme, s'endormit près du feu et ronfla comme
un canon.

Jacques le voyant plongé dans un si profond sommeil, se glissa près de lui, enleva la poule et sortit. Il retrouva aisément le chemin qu'il avait suivi,

puis la cime des tiges de haricots, et redescendit
dans le jardin d'où il était parti.

Sa mère l'embrassa en pleurant de joie. Cependant elle ne savait ce qu'il avait fait en cette longue absence, et elle craignait qu'il ne se fût laissé
entraîner à quelque mauvaise action.

« Rassurez-vous, dit-il, et regardez. »

Il mit la poule sur la table en criant :

« Ponds. »

Autant de fois il répéta ce mot, autant d'œufs
d'or furent pondus.

Par la vente de ces œufs, il avait le moyen de
vivre très-tranquillement avec sa mère. Il vécut
ainsi pendant quelques mois, puis, de nouveau, il
éprouva le désir de remonter sur les tiges de haricots et d'enlever quelque autre trésor au rapace
géant. Il avait raconté son aventure à sa mère,
mais sans lui dire un mot de son père, car il se
souvenait de la promesse qu'il avait faite à la fée.

Il voulait retourner dans l'étrange contrée où il

avait eu de si vives émotions, et il n'osait confier son projet à sa mère, persuadé d'avance qu'elle s'y opposerait. Un jour, enfin, il se décide à lui faire son aveu, et comme il l'avait prévu, elle le conjura de renoncer à son idée, lui disant que la femme du géant le reconnaîtrait sans doute et qu'elle le livrerait à son mari qui le tuerait et le dévorerait sans miséricorde.

Malgré ces justes observations, Jacques persistait dans son dessein. Il se peignit le visage, se procura un vêtement qu'on ne lui avait jamais vu, et, persuadé qu'il ne pouvait être reconnu, il se leva un matin de bonne heure, descendit au jardin, grimpa sur les hautes tiges.

Le soir, en arrivant au terme de son excursion, il était fatigué et il avait faim. Il s'assit quelques instants sur une pierre, puis se dirigea vers la maison du géant. La vieille femme était comme la première fois sur la porte. Jacques invoqua sa commisération en lui disant qu'il avait bien faim et qu'il était bien las.

Elle lui répliqua ce qu'il savait déjà, que son mari était un cruel géant. Elle ajouta qu'un soir elle avait donné l'hospitalité à un pauvre garçon qui lui faisait pitié, que l'ingrat était parti en emportant un des trésors de la maison, que depuis ce jour son mari était plus dur, plus emporté que jamais, qu'il la traitait sans ménagement, et lui reprochait sans cesse la faute qu'elle avait commise en ouvrant la porte à un vagabond.

Jacques lui dit qu'il voudrait bien pouvoir la soulager dans ses peines, et parla d'une façon si touchante qu'il finit par obtenir ce qu'il souhaitait. La vieille femme lui donna à manger dans la cuisine, et le cacha dans un grenier.

Le géant rentra à son heure habituelle en faisant un tapage comme s'il voulait tout démolir. Il s'assit près du feu et s'écria :

« Femme, je sens la chair fraîche.

— C'est, sans doute, répliqua-t-elle, le reste de cette carcasse que les corbeaux ont apportée sur le toit de notre maison. Reposez-vous, je vais préparer votre souper. »

Pendant qu'elle accomplissait cette tâche, le géant la rudoyait et menaçait de la battre parce qu'elle n'était pas assez expéditive, et ajoutait qu'il ne lui pardonnerait jamais la perte de sa poule.

Quand il eut fini son monstrueux souper, il lui dit :

« Apporte-moi quelque chose pour m'amuser, ma harpe. Non, mes sacs d'argent qui sont plus lourds. »

Elle obéit ; elle s'avança courbée sous le poids de deux énormes sacs remplis de pièces d'or et d'argent. Elle les versa sur la table. Le géant se mit à les compter et lui dit :

« Va-t'en. »

De l'endroit où il était caché, Jacques le voyait se délecter dans une joie d'avare et désirait reprendre cet argent, sachant que c'était une partie du bien de son père.

Après avoir compté et recompté, le géant remit tous ses écus dans les deux sacs, les lia soigneusement, et les posa à côté de lui sous la garde d'un chien. Ensuite il s'endormit et son ronflement ressemblait au mugissement de la mer.

Jacques sortit de sa cachette pour accomplir son projet. Mais au moment où il touchait à un des sacs, le chien qu'il n'avait pas aperçu se leva en aboyant avec fureur. Par bonheur, ses aboiements ne réveillèrent pas son maître. Jacques saisit habilement un morceau de viande, le jeta à l'animal qui aussitôt s'apaisa. Alors le vigoureux garçon chargea sur ses épaules les deux sacs, si lourds qu'il lui fallut deux jours entiers pour redescendre près de la maison de sa mère.

Cette maison était déserte. Il courut d'une pièce à l'autre sans voir personne; et, tout éperdu, s'en alla dans le village demander si l'on savait où était sa mère. Elle était malade de la fièvre dans une habitation du voisinage. Jacques s'affligea de la voir en un si triste état, et il s'accusait douloureusement d'en être la cause. Mais à l'aspect de son cher fils, la bonne vieille mère se raviva. Il employa, de concert avec elle, une partie de son argent à reconstruire, à meubler leur rustique demeure, et pendant trois années tous deux vécurent là très-heureusement.

Jacques, de nouveau, se sentit tourmenté du désir d'entreprendre une de ses aventureuses expéditions. Il n'osait confesser cette idée à sa mère, mais il s'asseyait rêveur au pied des tiges de haricots et passait de longues heures à les regarder. Par affection pour sa mère, par la crainte de la chagriner, il essayait de surmonter son désir de voyage. Ne pouvant y parvenir, il fit ses préparatifs de départ, se procura un déguisement plus complet encore que le premier, et un matin, au point du jour, pendant que sa mère dormait encore, monta lestement sur les hautes tiges.

En arrivant près de la demeure du géant, il aperçut la vieille femme sur la porte, comme les autres fois. Il s'était si bien déguisé qu'elle ne pouvait le reconnaître. Mais lorsqu'il commença à invoquer sa commisération, elle lui dit d'un ton résolu qu'elle avait trop souffert de deux autres actes de charité, et que nul inconnu n'entrerait désormais sous son toit. Cependant il insista d'un ton si humble et si touchant qu'elle se décida à le laisser entrer et le cacha dans une chaudière.

« Je sens la chair fraîche, » s'écria le géant en rentrant, et, malgré les protestations de sa femme, il s'en alla de côté et d'autre et s'approcha de la chaudière. Par bonheur, il n'eut pas l'idée de soulever le couvercle sous lequel tremblait le pauvre Jacques, et, n'ayant rien trouvé de ce qu'il cherchait, il alla s'asseoir. Quand il eut achevé son monstrueux souper, il ordonna à sa femme de lui apporter sa harpe. Il la posa sur la table, et dit : « Joue ! » A l'instant, d'elle-même, elle produisit une musique délicieuse. Jacques, qui était musi-

15

cien, écoutait avec un grand plaisir ces diverses mélodies, et désirait extrêmement s'emparer de ce trésor. Tandis que les cordes du magique instrument continuaient à vibrer, le géant s'endormit; sa femme était, selon sa coutume, déjà rentrée dans sa chambre.

Jacques sortit de sa chaudière, et saisit la harpe. Mais, dès qu'il y eut mis la main, elle s'écria, comme aurait pu le faire une personne vivante :

« Maître ! maître ! »

A cet appel, le géant s'éveilla, et vit Jacques qui se sauvait à toutes jambes, emportant la harpe.

« Ah ! brigand ! s'écria l'ogre en fureur, c'est toi qui m'as déjà enlevé ma poule et mes sacs d'argent; je vais te rejoindre, et te mangerai tout vivant. »

Mais il trébuchait, parce qu'il avait trop bu. Jacques, au contraire, avait le pied leste. Il courut jusqu'à la cime des haricots, et se mit à descendre avec sa harpe, qui ne cessait de jouer, jusqu'à ce qu'il lui dit : « Arrête ! » Et elle s'arrêta.

Il arriva dans son jardin, et vit sa mère assise toute seule par terre et pleurant.

« Mère ! mère ! s'écria-t-il, vite ! vite ! une hache ! »

Il savait qu'il n'avait pas un moment à perdre, car le géant commençait aussi à descendre.

Mais Jacques se mit à frapper vigoureusement avec sa hache les tiges des haricots, les coupa, les renversa. Le géant tomba tout de son long sur le

sol pour ne plus se relever. Il avait la tête fracas-
sée.

Aussitôt apparut la bonne fée, qui expliqua à la
mère de Jacques les aventures de son fils, et les
tiges de haricots disparurent. Jacques ne pouvait
plus songer à une nouvelle ascension.

LES DEUX CHEMINS

Parabole allemande.

Un maître d'école était un jour dans sa chambre, au milieu de ses élèves, qui se plaisaient à l'écouter, car ses leçons étaient à la fois instructives et douces. Ce jour-là, il les entretenait de la bonne et de la mauvaise conscience, et de la voix secrète du cœur.

Lorsqu'il eut fini, il dit :

« Qui de vous pourrait me faire, sur l'idée que je viens de vous expliquer, une comparaison? »

Alors un de ses disciples se leva et dit :

« Il me semble que je pourrais en faire; mais je ne sais si elle serait juste.

— Voyons, mon enfant, » répliqua le maître avec bonté.

Et l'enfant exprima sa pensée en ces termes :

« Je compare la paix de la bonne conscience et le trouble de la mauvaise, au chemin que j'ai suivi en deux différentes circonstances. Lorsque les soldats ennemis passèrent par notre village, ils s'emparèrent violemment de mon père, et l'emmenèrent avec notre cheval. Ma mère pleurait et se désolait, et nous pleurions comme elle, et elle m'envoya à la ville pour savoir ce que mon père était devenu.

« Je ne le trouvai pas, et m'en revins la nuit, le cœur bien affligé.

« C'était une sombre nuit d'automne. Le vent gémissait à travers les sapins; l'orfraie hurlait sur les rochers. Moi, je pensais que je ne reverrais peut-être jamais mon bon père, et je ne savais comment annoncer à ma mère le triste résultat de mon voyage. Alors, cette nuit obscure me causait une grande frayeur, et le bruit des feuilles emportées par le vent me faisait frissonner; et je pensais en moi-même : Il doit en être ainsi de l'homme qui a une mauvaise conscience.

— Enfants, s'écria le maître, voudriez-vous, au milieu d'une nuit effrayante, aller à la recherche de votre père, et ne pas le retrouver, et entendre la voix de l'orage et les cris des bêtes sauvages?

— Oh! non, » répliquèrent les enfants avec un cri d'effroi.

Leur jeune condisciple continua son récit :

« Une autre fois, dit-il, je suivais le même chemin avec ma sœur. Nous revenions de la ville, et nous en rapportions plusieurs jolies choses pour la fête de notre mère. C'était le soir, mais un beau soir de printemps, un beau ciel clair, une lune sans tache, et de tout côté un calme délicieux. On n'entendait, dans le silence de cette soirée, que le murmure du ruisseau coulant le long du chemin, et le chant du rossignol caché dans les bois. Nous nous en allions, ma sœur et moi, si heureux, qu'à peine pouvions-nous parler. Notre père bien-aimé vint à notre rencontre, et alors je pensais : Il doit en être ainsi de l'homme qui a une bonne conscience.

— Très-justes, dit le maître, sont vos deux comparaisons. »

LE CHATEAU DE KYNAST

EN BOHÊME

Dans ces vastes remparts maintenant en ruine, jadis vivait une jeune châtelaine, nommée Cunégonde, unique héritière d'une noble et riche famille. Cunégonde était belle, mais elle avait l'âme dure et orgueilleuse. Après la mort de son père, ses vieux serviteurs la priaient de se choisir un époux. Elle les conduisit au-dessus d'un abîme, au sommet d'un roc escarpé où l'homme le plus brave ne posait le pied qu'en tremblant, et elle leur dit:

« Si quelqu'un songe à m'épouser, il faut qu'il gravisse à cheval cette cime élevée. J'en jure par tout ce qu'il y a de plus saint, celui-là seul qui pourra soutenir cette épreuve aura le droit de m'appeler sa femme. »

Plusieurs chevaliers se hasardèrent dans cette terrible entreprise et y succombèrent. Les uns accouraient séduits par la beauté de Cunégonde ; d'autres, entraînés par l'ambition ; d'autres par un fol orgueil, et l'impitoyable jeune fille vit périr avec la même indifférence ceux qui l'aimaient sincèrement, et ceux qui n'aspiraient qu'à partager sa fortune.

Un jour, trois nouveaux chevaliers voulurent faire la même tentative. C'étaient les trois enfants d'une famille puissante ; tous trois jeunes, beaux, braves, ils attiraient tous les regards, et tous les vœux de la foule les suivaient. L'un après l'autre ils essayèrent de gravir le roc fatal. Le premier n'était pas à moitié chemin, quand son cheval fit un faux pas et le précipita dans l'abîme ; le second échoua un peu plus haut. Le troisième s'avança avec plus de précaution, et déjà il avait surmonté les principaux obstacles, déjà il approchait du but, quand tout à coup une plante humide le fit glisser, et il roula de roc en roc jusqu'au fond du gouffre béant. A cet aspect, il s'éleva un cri de douleur, et Cunégonde elle-même se sentit émue. Mais bientôt elle reprit sa superbe indifférence et regarda sans un battement de cœur tomber ceux que la vue de la montagne sanglante n'avait pas effrayés.

Un matin, le son du cor annonce l'arrivée d'un étranger. Un chevalier entre dans le château. Il porte une armure étincelante ; une plume d'aigle flotte sur

son casque et ses longs cheveux noirs tombent sur
ses épaules. Celui-là est beau, plus beau que tous
ceux qui l'ont devancé. Son regard est fier, son at-
titude imposante. Cunégonde en le voyant éprouve
une émotion qu'elle n'avait jamais ressentie. Quand
il lui annonça qu'il se disposait à gravir la montagne, elle pâlit, elle trembla, elle eût voulu l'arrêter
au bord du chemin, et lui jurer à l'instant même
une fidélité éternelle.

Mais lui voulait achever son périlleux voyage. Il
se met en marche; il gravit les sentiers tortueux, les
rochers à pic. Cunégonde le suit avec anxiété; elle
compte chacun de ses pas et chaque péril qu'il doit
surmonter. Quand elle le voit tourner avec adresse
les obstacles, se tenir debout sur la pente la plus
escarpée, son cœur tressaille, elle lève les yeux au
ciel, elle prie, elle espère, puis un instant après elle
retombe dans ses angoisses.

Cependant le chevalier poursuit son chemin, il
s'élève de roc en roc, et tout à coup il s'arrête, il
est arrivé à la dernière sommité et son panache on-
doie au-dessus de l'abîme. A cette vue, Cunégonde
se jette à genoux, et l'air retentit de ses exclama-
tions de joie. Puis elle se lève et vient toute radieuse au devant de l'étranger. Mais lui, la repous-
sant avec mépris:

« Va-t'en loin de moi, lui dit-il, misérable femme
qui as fait verser tant de pleurs; souviens-toi des
nobles chevaliers dont tu as causé la mort. Souviens-
toi de ces trois frères que tu as vus sans pitié périr

l'un après l'autre. Je suis venu pour les venger. Tu voudrais m'épouser, et je te maudis. »

A ces mots, il s'éloigne, et la malheureuse Cunégonde reste livrée à ses regrets, torturée par ses remords.

LE FRÈRE ET LA SŒUR

Un jeune garçon prenant un jour sa sœur par la main, lui dit :

« Clara, depuis que notre mère est morte, nous n'avons plus un moment heureux. Notre belle-mère ne peut nous souffrir. Elle nous bat sans cesse ; elle ne nous donne pour notre nourriture que des croûtes desséchées ou les plus misérables restes de ses dîners. Son chien est mieux nourri que nous. Ah ! si notre bonne mère voyait ce qu'on nous fait endurer, elle en aurait le cœur brisé. Mais quittons cette maison où nous n'avons rien de mieux à espérer, et allons-nous-en bien loin, bien loin. »

Les deux enfants partirent, et s'en allèrent droit devant eux à travers champs. Le soir, ils se réfugièrent dans le creux d'un arbre et s'endormirent.

Le lendemain matin le frère dit :

« Ma sœur, j'ai bien soif. Il me semble que j'entends le murmure d'une source. Allons voir. »

Mais la belle-mère, qui était une sorcière, avait devancé sur leur route les deux innocents fugitifs, et avait ensorcelé toutes les sources près desquelles ils devaient passer.

Le frère vit un ruisseau limpide et tout joyeux se baissa pour y tremper ses lèvres. Au même instant, la sœur entendit une voix qui lui disait :

« Quiconque boira de cette eau sera changé en tigre. »

« Oh ! Étienne, cher Étienne, s'écria-t-elle, ne bois pas là, tu deviendrais une bête féroce, et tu me dévorerais.

— J'ai terriblement soif, répliqua Étienne, mais allons un peu plus loin. »

Un peu plus loin serpentait un autre ruisseau. Étienne s'en approcha avec avidité. Mais Clara entendit une voix qui lui disait :

« Quiconque boira de cette eau sera changé en loup.

— Oh ! Étienne, s'écria-t-elle, je t'en prie, ne bois pas là, tu deviendrais un loup cruel et tu me mangerais.

— Allons, dit Étienne, j'attendrai encore ; mais au premier ruisseau que nous trouverons, il faut que je boive, car je meurs de soif. »

Près de ce troisième ruisseau, Clara entendit une voix qui disait :

« Quiconque boira de cette eau sera changé en chevreuil.

— Oh ! Étienne, s'écria-t-elle, prends garde, je t'en prie, si tu étais transformé en chevreuil, tu te mettrais à courir et je ne pourrais te suivre. »

Mais déjà Étienne s'était courbé au bord du ruisseau, et à l'instant où il y trempait ses lèvres, il fut changé en un chevreuil blanc.

Clara se mit à pleurer en voyant son frère ainsi ensorcelé. Étienne pleurait aussi bien tristement.

« Rassure-toi, lui dit enfin sa gentille sœur, je ne t'abandonnerai pas. »

Elle prit sa jarretière et lui en fit un collier ; elle

cueillit des joncs et en fit une corde avec laquelle elle conduisait le jeune chevreuil. Elle le conduisit bien avant dans la forêt et s'arrêta devant une maisonnette inhabitée :

« Entrons là, dit-elle ; c'est là que nous devons vivre.»

Elle entra et fit pour le chevreuil un lit de mousse et de feuilles. Elle alla cueillir pour lui de l'herbe fraîche, pour elle des noisettes et des fraises. Chaque matin, elle fit les mêmes provisions. Elle donnait elle-même à manger au gentil chevreuil. Il la regardait avec reconnaissance et sautait gaiement autour d'elle. Le soir, il lui servait d'oreiller. Elle mettait sa tête sur son épaule, et s'endormait paisiblement. S'il avait eu sa vraie forme, tous deux auraient vécu ainsi très-heureux.

Ils étaient là depuis quelque temps, quand un jour le roi du pays entreprit dans la forêt une grande chasse. De loin on entendait retentir le son des cors, les aboiements des chiens, les cris des chasseurs.

A ce bruit le chevreuil tressaillit :

« Oh! dit-il à sa sœur, je ne puis y tenir. Il faut que j'aille voir la chasse. Laisse-moi aller, je t'en prie. »

Il insista si vivement qu'elle consentit à le laisser partir :

« Seulement, lui dit-elle, si tu reviens un peu tard, tu trouveras la porte de notre maison fer-« mée. Il faudra que tu frappes en disant : « Ma petite sœur, laisse-moi entrer ; » si non, je n'ouvrirai pas.

— Très-bien, » répliqua le chevreuil ; et il s'élança dans la forêt, tout joyeux de courir en plein air. Le

roi et les chasseurs remarquèrent cette jolie petite
bête et la poursuivirent, mais inutilement. Au moment où ils croyaient l'atteindre, elle franchit une
ligne de broussailles et disparut. Le soir, il alla
frapper à la porte de la maisonnette, et dit:

« Petite sœur, laisse-moi entrer. » La porte s'ouvrit, et il dormit tranquillement sur sa couchette.
    Le lendemain, de nouveau il entendit résonner
les cors de chasse; de nouveau il voulut courir à
travers la forêt. Sa sœur lui dit:

« N'oublie pas de frapper à la porte, et de demander comme hier que j'ouvre. Sinon, je n'ouvre pas. »

Quand le roi et les chasseurs revirent le chevreuil blanc avec son collier d'or, ils se mirent aussitôt à le poursuivre, mais sans pouvoir l'atteindre. L'un d'eux seulement réussit à lui lancer une flèche, qui le frappa à la cuisse et le fit un peu boiter. Ce chasseur le vit se diriger vers la maisonnette, et frapper à la porte en disant :

« Petite sœur, laisse-moi entrer. »

La porte s'ouvrit ; il entra, et le chasseur alla raconter au roi ce qu'il avait remarqué.

« Demain, dit le roi, nous recommencerons notre chasse. »

Clara fut bien alarmée quand elle vit son frère blessé ; elle essuya le sang de sa plaie, et y mit des compresses, puis l'engagea à se reposer.

La blessure pourtant était légère ; et le lendemain, comme il entendait encore le cri des chasseurs, il s'écria :

« Je n'y tiens pas. Il faut que j'aille.

— Hélas ! lui dit sa sœur, tu veux sortir. Tu te feras tuer, et moi, je resterai ici toute seule, abandonnée de tout le monde dans la forêt. Je t'en prie, ne t'en vas pas.

— Eh bien ! répliqua-t-il, je mourrai donc ici de chagrin, car le son des cors m'entraîne. Je ne puis y résister. »

Il partit ; et dès que le roi le vit, il dit au chasseur qui la veille avait suivi le chevreuil :

« Suivez-le jusqu'à ce soir, mais prenez garde de lui faire mal. »

Vers le soir, le roi se fit indiquer la maisonnette avant que le chevreuil arrivât, et frappa à la porte en disant :

« Petite sœur, laisse-moi entrer. »

Aussitôt la porte s'ouvrit.

Clara fut bien bouleversée lorsqu'à la place du petit chevreuil, elle vit devant elle un homme qu'elle ne connaissait pas, avec une couronne sur la tête.

Le roi pourtant la regarda avec un doux sourire, et lui prenant amicalement la main :

« Voulez-vous venir avec moi dans mon château et m'épouser ?

— Je le veux bien, répondit Clara ; mais il faut que le chevreuil vienne avec nous, car je ne puis l'abandonner.

— Tranquillisez-vous, reprit le roi, il demeurera avec vous tant que vous voudrez, et il n'aura besoin de rien. »

En ce moment, le chevreuil rentrait. Clara attacha la corde de joncs à son collier, et le conduisit au château du roi.

Là son mariage fut pompeusement célébré. Elle était reine, très-respectée et très-aimée, et le chevreuil était parfaitement soigné.

Cependant, la cruelle belle-mère qui avait si maltraité les deux innocents enfants se réjouissait de penser qu'ils étaient à jamais perdus. Elle croyait que Clara avait été dévorée dans les bois par les bêtes fauves, et que son frère transformé en chevreuil avait été tué par les chasseurs. Elle devint furieuse quand elle apprit comme ils vivaient heureusement dans le palais du roi, et résolut de détruire leur bonheur.

Sa fille, qui était borgne, lui disait souvent :

« C'est moi qui devrais être reine.

— Sois tranquille, lui répondait la méchante sorcière, ton temps viendra. »

La charmante reine Clara mit au monde un beau garçon. Pendant que le roi était à la chasse, la sorcière prit les vêtements et la figure de la garde-malade, et s'approchant de la jeune accouchée :

« Votre bain est prêt, lui dit-elle, ne le laissez pas refroidir. »

Alors, à l'aide de sa hideuse fille, elle prit Clara par le milieu du corps, la porta dans la salle de bains, la mit dans l'eau, puis ferma à double tour la porte de la salle et s'enfuit.

Sous la baignoire, elle avait allumé un grand feu. La jeune reine devait être étouffée et brûlée.

Ne doutant pas de la pleine réussite de son crime, la sorcière conduisit sa vilaine fille dans la chambre, dans le lit même de Clara. Par l'effet de sa magie, elle lui avait rajeuni le visage, mais elle ne pouvait lui rendre l'œil qui lui manquait. Pour dissimuler ce défaut, elle lui recommanda de tourner vers la muraille le côté défectueux de sa figure.

En revenant de la chasse, le roi apprit avec joie
u'un fils lui était né. Il voulait voir la reine et
embrasser. Mais la sorcière lui dit :

« Prenez garde, ne soulevez pas le rideau, elle
e peut voir encore la lumière. »

Le roi se retira sans se douter de la trahison.

Mais à minuit, lorsque tout dormait, la nourrice
eule veillant encore près du berceau de l'enfant,
oudain la porte s'ouvre, et la vraie reine entre
oucement. Elle s'avance vers le berceau, prend
'enfant dans ses bras, et le serre sur son cœur.
uis elle relève ses oreillers, le replace soigneuse-
ent dans sa couchette, et l'enveloppe dans sa cou-
erture. Ensuite, elle s'approche du chevreuil qui
'tait couché dans un coin de la chambre, et lui
ose légèrement la main sur la tête. Puis elle se
etire en silence, et disparaît.

La nourrice demande aux factionnaires s'ils ont
vu entrer quelqu'un dans le palais. Ils répondent
qu'ils n'ont vu personne.

La nuit suivante, et les autres nuits, la jeune
reine revient, et s'en va sans prononcer un mot.

Quelque temps après, elle apparaît plus triste, et
murmure en s'en allant :

« Ah! mon cher enfant! Ah! mon cher frère! Je
reviendrai encore une fois, puis plus jamais. »

La nourrice, qui jusque-là n'avait rien dit de ces
apparitions, se décide alors à les raconter au roi; et
le roi dit :

« J'irai voir moi-même ce qu'il en est. »

Le soir, il entre dans la chambre de la nourrice.
A minuit, la reine s'avance, caresse l'enfant, et s'éloigne en disant :

« Je reviendrai encore une fois, puis plus jamais. »

Cette nuit-là, le roi n'osa lui adresser la parole.
La nuit suivante, il la revit encore ; elle dit :

« Ah ! mon cher enfant ! Ah ! mon cher frère, je
ne reviendrai plus.

— Oh ! s'écria le roi, c'est vous qui êtes ma chère
femme.

— Oui, » répondit-elle.

Au même instant, elle recouvra la vie, et raconta
au roi le crime de la sorcière et de son affreuse
fille. Toutes deux furent aussitôt arrêtées et condamnées à mort. Dès que la sorcière eut subi sa
sentence, Étienne, qu'elle avait transformé en chevreuil, reprit sa forme première et vécut près de sa
sœur très-heureusement.

LES INFORTUNES DE JEAN LE TAILLEUR

Conte allemand.

Il y a de par le monde une quantité d'habitations humaines dont nous n'avons jamais entendu parler, et qui à trois ou quatre lieues de circonférence ne seraient jamais connues que des collecteurs d'impôts, ces universels inquisiteurs si tout à coup un événement, un homme, une apparition extraordinaire ne donnait à ces bourgades obscures, à ces villages ignorés, un vaste renom. C'est ainsi que la petite ville de Rapps, en Bohême, a été illustrée par l'ingénieux tailleur dont nous voulons raconter les aventures, et dont nous nous flattons de répandre au loin la gloire.

Jean était le dernier descendant d'une famille qui, de génération en génération, depuis plusieurs

siècles, exerçait le plus noble des métiers, le plus
ancien, le métier de tailleur qui remonte jusqu'à
la chute d'Adam. Le père de Jean avait eu trois

fils, et se plaisait à penser que tous trois le réjoui-
raient dans sa vieillesse. Mais les deux aînés avaient
déserté sa demeure : le premier pour revêtir l'uni-
forme de soldat, et il avait été tué dans une bataille; le second pour entrer dans un atelier de
tisserand; et comme il avait un funeste penchant
pour la boisson, un soir, en sortant du cabaret, il
s'était noyé dans un étang. L'honnête vieillard
n'avait plus d'espoir qu'en son fils Jean, mais un
fils excellent, tendre comme une colombe et doux
comme un agneau. La moindre remontrance paternelle le faisait trembler, et une simple parole
d'affection suffisait pour le réjouir. Ces paroles sa-
lutaires, il les entendait souvent, car son père l'aimait beaucoup et se faisait un devoir de lui rendre
la vie aussi agréable que possible.

Jean était grand, mince, alerte, très-vigoureux
et très-actif. Quand il était assis sur sa table de
tailleur, son aiguille à la main, il travaillait avec

une ardeur et une rapidité sans pareilles ; puis il
dînait avec la même promptitude ; puis un instant
après, on pouvait le voir jouant gaiement avec ses
compagnons, courant comme un lièvre, sautant
comme un chevreau. Il n'avait qu'un défaut : c'é-
tait de trop aimer son violon. Mais les milliers et
les milliers de points qu'il cousait dans sa journée
ne fatiguaient pas sa main, et dès que sa tâche était
finie, il prenait son violon. Quelquefois il ne pouvait résister au désir de le prendre quand son père
était sorti. Il se délectait à promener son archet
sur les cordes sonores, et traîtreusement, pendant
qu'il restait seul, abandonnait son travail. Sauf
cette petite infraction à son devoir d'ouvrier, son
père n'avait aucun reproche à lui faire, et en mou-
rant, il lui donna du fond de l'âme sa bénédiction.

Jean avait déjà depuis longtemps perdu sa mère.
Il se trouva seul dans sa maisonnette avec son
violon, et un petit mobilier dont son voisin le bro-
canteur né lui aurait pas sans peine donné quelques écus. En même temps il vit s'établir en face
de lui un nouveau tailleur, un jeune et ardent rival
qui décora d'une belle enseigne une belle boutique,
et qui naturellement devait se faire une bonne
clientèle.

Cependant le brave Jean ne se laissa troubler ni
par sa chétive fortune, ni par cette redoutable con-
currence. Il continua à travailler comme par le
passé. Quand il avait accompli sa tâche, il jouait
du violon ; et quand il avait assez longtemps joué

du violon, il se mettait au lit. Une nuit, il eut un rêve qui l'impressionna vivement. Il réva que s'il pouvait parvenir à amasser seulement une somme de cinquante florins, il aurait par là sa fortune assurée; il réduirait au désespoir son orgueilleux rival, et deviendrait un personnage si important que ses concitoyens s'honoreraient de le proclamer leur bourgmestre.

Il avait de l'imagination, le bon Jean, et il ne doutait pas que son rêve ne dût un jour s'accomplir. Avec cette agréable pensée, il se remit plus vaillamment à la besogne. Les gens de Rapps ne lui payaient pas cher son ouvrage, et en taillant et cousant du matin au soir, il ne gagnait guère Mais il dépensait si peu ! Par ses habitudes d'ordre et de rigide économie, il en vint à épargner d'abord un florin, puis un autre; puis, peu à peu, toute la somme qu'il ambitionnait, et déjà il songeait à sa prochaine gloire de bourgmestre. Mais un soir où il avait été obligé de sortir, sa porte fut ouverte par un coquin et son trésor enlevé.

De ce désastre il fut douloureusement frappé, et peut-être l'attribua-t-il à son concurrent qui avait constamment les yeux tournés de son côté et observait toutes ses actions. Que faire cependant? Nul indice ne l'aidait à retrouver la trace de son voleur, et ceux de ses voisins auxquels il confia son malheur, au lieu de l'assister, le gourmandèrent de son avarice et de son imprudence.

« Voilà ce que c'est, disaient-ils, que de vivre

seul, misérablement, et de vouloir thésauriser.
Vous devriez au moins avoir le soir de la lumière
dans votre chambre. Il y a toujours eu des gens
disposés à un méfait. On voit votre maison sombre. On pense bien qu'il n'y a là personne. On
entre et l'on vous vole. Si les larrons y voyaient
de la lumière, ils penseraient que vous n'êtes pas
sorti, et n'oseraient ouvrir votre porte.

— C'est vrai, répliqua Jean. Je profiterai de ce
conseil. »

En même temps il se disait que lorsqu'il serait
bourgmestre de Rapps, il surveillerait avec une
vigoureuse vigilance les voleurs.

Dès ce jour, soit qu'il fût au logis, soit qu'il fût
sorti, dès le crépuscule du soir, une lampe brilla
à sa fenêtre, et les gens qui alors passaient devant
sa demeure disaient : comme ce tailleur est laborieux; et ceux qui passaient là le matin : voilà un
garçon qui fera fortune. Il se couche tard et se
lève de bonne heure.

Par de nouveaux efforts de travail et d'économie,
Jean parvint à réparer son désastre, à amasser une
seconde fois le pécule qu'il avait vu en rêve. Il avait
ses cinquante florins, il serait bourgmestre ; et voilà
qu'un soir, comme il venait de visiter un de ses
clients, en rentrant dans son quartier, que voit-il?
Oh! malheur. Sa maison en feu! Et un instant
après, tout était anéanti, son mobilier, ses ustensiles de travail, son violon et sa caisse d'é-
pargne.

Quelle catastrophe! hélas! Le pauvre Jean en était atterré.

« C'est le résultat naturel de votre imprudence, lui dirent ses voisins. Comment laissez-vous une lampe allumée dans votre chambre quand vous sortez, et comment n'avez-vous pas quelqu'un pour veiller en votre absence sur votre demeure? »

Jean les remercia débonnairement de leur remarque et leur dit qu'il s'en souviendrait. Comme il était d'un caractère énergique, et qu'il voulait absolument devenir bourgmestre de Rapps, il ne se laissa point abattre par ce nouveau désastre. Il réussit à emprunter de l'argent, loua une petite boutique, acheta quelques meubles et s'adjoignit un ouvrier. Sa situation n'était pas aisée. En premier lieu, il devait payer un très-gros intérêt pour les écus qu'un juif lui avait confiés, puis il devait loger et nourrir son apprenti. Cependant il reprit bientôt sa gaieté. Il emprunta d'un de ses voisins un vieux violon avec lequel, en ses heures de repos, il s'égayait. Tout le jour il travaillait avec ardeur, et sou à sou, lentement, très-lentement, il reconstituait son trésor. Cette fois-ci, enfin, il espérait bien le garder. Il l'avait mis en un endroit où nul larron ne pouvait le découvrir, et il ne confiait à personne son secret. Mais il avait près de lui deux yeux hypocrites et rusés qui, à son insu, épiaient tous ses mouvements. L'ouvrier qu'il s'était associé découvrit sa cachette, en retira les florins et s'enfuit.

Cette fois, l'infortuné Jean parut abattu et complétement découragé. Il n'eut pas même la force de se mettre à la poursuite de son voleur, qui ne pouvait voyager aisément, ni aller bien loin, n'ayant point de passe-port. Il était tenté de ne plus songer à l'avenir, de renoncer à ses inutiles efforts, et de vivre indolemment comme il pourrait au jour le jour.

« Allons, lui dit un de ses amis, la perte de quelques écus ne doit pas t'affliger ainsi ; tu peux en gagner bien d'autres par ton travail. Mais il faut avoir près de toi quelqu'un qui t'aide à les garder, non pas un fripon d'ouvrier, mais une brave femme. Il faut te marier.

— Me marier, se dit Jean. Mais ce n'est pas une petite affaire. Il en coûte pour se marier : s'habiller à neuf, payer les frais de noces, danses et banquets. Après viennent les dépenses du ménage et les soins obligés du médecin, les enfants, les nourrices. Cela n'en finit pas. Jamais dans une belle condition je ne parviendrais à réunir mes cinquante florins. Non, non, je n'ai déjà pas tant à me louer des conseils de mes voisins. Ils m'ont engagé à avoir une lampe allumée dans ma chambre. Cette lampe a mis le feu à mon mobilier et j'ai tout perdu. Ils m'ont engagé à prendre un ouvrier, et ce garçon s'est enfui emportant mes derniers écus. Maintenant, ils voudraient m'entraîner à une résolution plus dangereuse que les plaies d'Égypte. Non, non. Je ne les écouterai pas. »

Ainsi disait Jean, et il prit son fil et son aiguille
pour achever de coudre un vêtement que son scélérat d'apprenti avait promis de livrer ce jour-là
même à un client. Tandis qu'il travaillait, l'idée du
mariage lui revenait à l'esprit, et peu à peu lui paraissait moins redoutable ; puis en y songeant, encore, il y entrevoyait d'attrayantes images : une
maison sagement gouvernée, de beaux enfants doux
et laborieux, une femme qui lui réjouirait le cœur
par sa tendresse, et qui au lieu de multiplier ses
dépenses, l'aiderait elle-même à gagner et à économiser de l'argent.

« Oui, s'écria-t-il tout à coup, en se levant et
en frappant des mains, c'est une heureuse inspira-
tion, c'est décidé. Je me marierai. »

Pendant qu'il faisait son voyage d'apprenti à travers les différents districts de la Bohême, souvent
le soir il prenait son violon, et les jeunes filles du
village se rassemblaient autour de lui et dansaient
gaiement. Parmi celles que son archet mettait ainsi
en mouvement, il en était une qu'il aimait surtout
à voir. Pour celle-là, il jouait avec une animation
particulière ses plus belles valses, ses meilleures
contredanses, et elle semblait se plaire aussi à l'entendre et à le regarder. C'était la fille d'un maître
mineur. Jean avait gardé de l'innocente et jolie
Grethe un fidèle souvenir, et il se dit :

« Si elle est libre encore, et si elle veut m'accepter, c'est celle-là que j'épouserai. »

Il partit. Il alla lui adresser humblement sa

demande, et fut
très - gracieuse-
ment accueilli.
Les parents de
Grethe avaient
pourtant de tout autres prétentions Ils
étaient alliés aux meilleures familles du
pays ; ils avaient un fils qui dirigeait une

exploitation de mines considérable dans les Carpathes ; eux-mêmes avaient aussi un bon bien. Ils avaient rêvé un beau mariage pour leur fille, et ils ne pouvaient comprendre qu'elle consentît à épouser un pauvre petit tailleur d'une obscure bourgade. Mais Grethe leur dit qu'elle aimait ce tailleur, qu'elle espérait être heureuse avec lui, et le mariage se fit, et Jean emmena joyeusement à Rapps sa chère Grethe. C'était vraiment une bonne et aimable femme, modeste et alerte, laborieuse et économe. Jean ne pouvait faire un meilleur choix. Par malheur, il avait appris dans son enfance certaines maximes qu'il croyait devoir mettre en pratique. L'une de ces maximes était celle-ci : ne confie pas ton secret à une femme.

En vertu de ce beau principe, le craintif tailleur ne révéla point à la douce Grethe le rêve qu'il avait fait, ni ses raisons d'économie. En travaillant avec une nouvelle ardeur, il se remit à amasser tout ce qu'il pouvait de sols et de deniers, et pour être plus sûr de les bien garder, il les portait continuellement dans sa poche. Lorsqu'il se trouvait seul quelque part, c'était son plaisir de prendre ses pièces de monnaie, de les compter et recompter. Un jour qu'il revenait d'une lointaine maison du faubourg, comme il était en retard, il se mit à courir pour regagner son logis, et un instant après, comme il mettait la main à sa poche, il jeta un cri d'effroi. Cette poche était percée, et il venait de perdre tout son argent. Aussitôt il retourna sur ses pas, en

maudissant le tisserand qui fabriquait de si mauvaises étoffes, et il s'en allait cherchant par terre
l'une après l'autre ses chères petites pièces, quand
tout à coup il vit sa femme qui courait à sa rencontre et l'engageait à rentrer au plus vite. Un riche
baron l'attendait avec impatience et menaçait, s'il ne
le voyait venir, de donner sa commande à un autre
tailleur. Que faire? Le pauvre Jean n'espérait plus
guère trouver son pécule et n'osait le chercher devant sa femme à qui il avait si bien dissimulé son
secret. Il se décide donc à la suivre. Mais quoiqu'il
marchât précipitamment, il n'arriva pas assez tôt
pour contenter le baron. Il eut la douleur de voir
entrer dans la boutique de son odieux rival le fou-
gueux gentilhomme. Malheur sur malheur. En un
moment Jean avait perdu ses nouvelles épargnes et
son meilleur client, et ce n'était pas tout. Dès ce
jour, il vit s'accroître la prospérité de son concurrent. Les petits gentilshommes et les bourgeois suivaient l'exemple du baron, ils allaient à la boutique
qu'il honorait de sa confiance, et l'orgueilleux
adversaire de Jean se pavanait dans son orgueil.
Il avait acheté un cheval et une voiture pour aller
chez ses pratiques; il achetait sans cesse de nouvelles fournitures, et faisait de grandes dépenses
pour embellir sa demeure.

« Hélas! disait Jean, c'est lui qui sera bourgmestre de Rapps. Mon rêve m'a trompé. »

Il n'était point d'une nature assez ferme pour
supporter tranquillement de tels chagrins. Il tomba

dans une profonde mélancolie. Son travail ne lui plaisait plus, et son violon même ne l'égayait plus. Sa femme, qui souffrait de le voir dans cet abattement, essayait de le relever tantôt par de tendres paroles, tantôt par d'ingénieux conseils. Une fois, elle lui dit :

« Ce qui fait la fortune et l'orgueil de notre voisin, c'est sa voiture. Vous vous fatiguez et vous perdez beaucoup de temps à aller à pied chez vos clients ; d'autres viennent ici pendant que vous accomplissez votre pénible trajet, s'ennuient de vous attendre, et vont chez votre concurrent. Vous devriez emprunter l'âne de notre ami le meunier, et chaque jour vous en aller d'un air empressé à quelque distance. On dira que vous avez de nombreuses affaires, que vous savez ménager votre temps, et de plus, ces promenades seront utiles à votre santé. »

Jean trouva cet avis excellent, remercia vivement sa femme, et dès le lendemain on le vit traverser la ville de Rapps au grand trot de son âne, puis le lendemain et chaque jour. Comme il courait si vite, les bons bourgeois, ainsi que Grethe l'avait deviné, crurent qu'il était appelé par une multitude de clients de tous les côtés et voulurent être habillés par lui. L'argent revint au logis avec les commandes, et Jean se réjouit de penser qu'il pourrait bientôt économiser ses cinquante florins. Mais ses malheurs l'avaient rendu prudent, il ne voulait plus cacher son argent dans des armoires, ni le porter

lans ses goussets. Il avait imaginé un nouveau moyen
de sauvegarde qui lui paraissait excellent. Il chan-
geait ses monnaies de métal contre de la monnaie de
papier, et la cousait pièce à pièce dans le fond de

son bonnet. Personne ne le savait, et personne as-
surément ne tenterait de lui enlever son bonnet.
Mais il avait tort de ne pas se fier pleinement à sa
brave femme; il devait être encore puni de ses
craintes et de sa dissimulation. Un matin, comme

il allait selon son habitude se promener hors de la
ville, soudain, voilà que son âne ordinairement pacifique s'agite, regimbe, résiste à la bride, et bon-
dit. Il était piqué par des aiguilles que le jeune
tailleur avait par mégarde en travaillant plantées
dans son pantalon, et plus Jean le serrait entre ses
genoux, plus il s'efforçait de le maîtriser, plus les
aiguilles s'enfonçaient dans les flancs du pauvre
âne, qui à la fin, dans la douleur que lui causaient
ces pointes acérées, fait un saut impétueux et jette
son maître dans un étang.

Jean ne se noya pas dans cette mare bourbeuse.
Mais il eut bien de la peine à s'en tirer, et il y laissa
son bonnet, son précieux bonnet où il avait si bien
cousu les florins de papier qui devaient réaliser
son rêve de bourgmestre.

Ah! Jean, obstiné Jean, aveugle Jean, reconnaî-
tras-tu maintenant le tort que tu as eu de ne pas
te fier à ta brave Grethe?

Non. Jean reste convaincu que l'homme ne doit
pas livrer son secret à une femme, et il a une nouvelle combinaison mystérieuse.

Dans la cour de sa maison, Grethe a rangé une
demi-douzaine de pots de terre dans lesquels elle
plante des petits sapins dont la verdure la réjouit.
Jean imagine de cacher dans un de ces pots ses éco-
nomies. De semaine en semaine, de mois en mois, il
les enfouit là avec une douce quiétude, et il s'applau-
dissait de son invention. Fatal espoir! Cruelle erreur! Un matin, il rentrait au logis, ayant fait plu-

sieurs recouvrements dans sa clientèle et calculant avec joie ce qu'il allait ajouter à son épargne. Que voit il en traversant sa cour? Tous les pots renversés. Il appelle sa femme avec angoisse. Il lui demande la cause de ce bouleversement. Elle lui répond qu'après avoir soigné de son mieux ces petits sapins, comme elle a remarqué qu'au lieu de grandir, ils dépérissaient, elle les a arrachés et les a jetés dans le ruisseau avec la terre où ils n'avaient pu se développer.

« Hélas! dit Jean avec une amère tristesse, en jetant cette terre à la rivière, vous m'avez fait perdre ce que je recueillais péniblement depuis trois années, et qui devait assurer ma fortune et m'élever à la dignité de bourgmestre. »

Grethe le regardait étonnée, ne comprenant rien à un tel langage.

Dans l'expression de sa douleur, Jean lui révéla ses désirs et ses mésaventures. Il lui dit le souvenir qu'il gardait de son rêve; comment il espérait être un jour bourgmestre de Rapps, comment il avait à diverses reprises essayé d'amasser cinquante florins, et comment il avait été trompé dans ses efforts.

Grethe aurait pu être offensée en apprenant que depuis si longtemps il lui dérobait une partie de ses pensées. Mais c'était une bonne et tendre femme qui aimait sincèrement son mari, et désirait pardessus tout le voir heureux. Elle lui reprocha seulement avec douceur de ne pas avoir plus de confiance en elle, et pour réaliser son idée, se mit à lui

proposer diverses combinaisons si nettes, si justes,
que Jean en était dans l'admiration, et jurait que
Grethe était la perle des femmes, et que dans tout
le royaume de Bohême on n'en trouverait pas une
plus intelligente et plus charmante.

Dès ce jour, il entra dans une nouvelle vie.
Comme il ne voulait plus rien dissimuler à sa fidèle
Grethe, il se sentait plus à l'aise avec elle, et travaillait avec plus de satisfaction. Elle travaillait
près de lui, activement, assidûment, et l'égayait
par son entretien. Il avait de l'ouvrage tant qu'il
en pouvait faire, et à l'aide de Grethe, réussissait à
contenter tous ses clients. Il était modéré dans ses
prix, mais on le payait exactement. Bientôt il eut la
joie de réunir ses fameux cinquante florins. Alors,
comme il avait l'imagination un peu jeune et un peu
vive, déjà il pensait que ses songes allaient s'accomplir, il se voyait installé en grande pompe dans
ses fonctions de bourgmestre. Sa femme, sans lui
enlever ses belles perspectives, le ramenait doucement à la réalité, et d'abord elle l'engagea à faire
un bon emploi de ses cinquante florins, au lieu de
les garder inutilement dans une armoire.

En ce moment-là précisément, Jean trouva l'occasion d'acheter une belle pièce de drap. Comme il la
payait comptant, il l'eut à meilleur marché, et fit
une bonne affaire. Ce nouveau succès l'enhardit, et
Grethe voulait qu'il eût une plus grande boutique
que son rival, et de plus élégantes fournitures.
Pour constituer un tel établissement, il fallait plus

d'argent que le jeune ménage n'en possédait. Grethe avait son idée.

Ses parents étaient morts, laissant tout leur héritage à son frère. Ce frère était revenu des mines qu'il exploitait dans les Carpathes. Grethe résolut d'aller le voir. Elle savait bien que comme il était

un peu fier, il n'avait pas approuvé qu'elle se mariât avec un petit tailleur. Et d'abord quand elle arriva près de lui, il la reçut assez froidement. Mais elle l'attendrit par sa douceur, et elle lui parla de son mari avec tant d'estime et d'affection qu'elle lui donna le désir de le connaître.

Un beau jour, il se rendit à Rapps, et vit que sa sœur ne l'avait pas trompé. Jean lui plut par son honnête candide nature, et le charma par son talent de musicien.

« Sur ma foi, s'écria l'enthousiaste mineur, je voudrais vous entendre jouer du violon dans l'orchestre de l'empereur, je suis sûr que vous auriez le plus grand succès. »

En partant il lui serra vigoureusement la main, et lui remit l'énorme somme de six mille thalers :

« C'est la dot de ma sœur, lui dit-il, je suis sûr que vous en ferez un bon usage. »

Avec ce capital, Jean éclipsa bien vite le concurrent qui l'avait si souvent humilié. Il eut une belle maison, de vastes magasins, des approvisionnements d'étoffes superbes. Il devint, comme il l'avait rêvé, bourgmestre de Rapps.

LA LÉGENDE DE LA SARRAZ

Dans un château gothique de la Suisse, vivait jadis un brave et bon seigneur qu'on appelait le baron de La Sarraz. Jeune, riche, respecté de ses voisins, chéri de ses vassaux, il épousa une belle et noble fille qu'il aimait et dont il était aimé. Alors, il n'avait plus qu'un désir, et un an après son mariage, ce désir était accompli. Sa femme lui donnait un fils.

Un soir d'hiver, il était assis à côté d'elle, dans la joie de son âme, et près d'eux était leur cher enfant doucement endormi. Au dehors, la neige tombait à gros flocons; le vent s'élevait par rafales, mugissant, gémissant. Les vitres des fenêtres enchâssées dans des bandes de plomb tremblaient à son souffle violent; les hautes cimes de sapins s'in-

clinaient sur le sol et se heurtaient l'une contre
l'autre avec fracas.

« Quel temps! dit la baronne. En cette cruelle
saison, en un tel orage, comme on est heureux d'a-
voir un sûr abri.

— Une demeure solidement construite, repartit
en souriant son mari, un brasier flamboyant dans
une vaste cheminée, des serviteurs fidèles, une
femme parfaite et un vigoureux garçon. C'est vrai.
Si on n'était point satisfait de tant de biens, on ne
mériterait pas les grâces de la Providence.

— Mais pensez-vous, mon ami, reprit la baronne,
qu'il y a peut-être de pauvres gens surpris en
route, loin de tout refuge, par cette affreuse tempête? Comme je les plains, et comme je voudrais
pouvoir les secourir!

— C'est pour cela, ma chère Anna, que j'ai ordonné à nos gens d'ouvrir à toute heure la porte
de notre château à quiconque demanderait l'hospitalité. Mon vieil écuyer Hermann dit que c'est fort
imprudent; que la nuit, par exemple, des brigands
peuvent ainsi s'introduire dans notre habitation solitaire. Mais nous sommes là pour nous défendre,
et j'aime encore mieux m'exposer à un danger, du
reste fort douteux, que de manquer à un devoir de
charité.... Et tenez: voilà précisément, si je ne me
trompe, quelqu'un qui nous arrive, un de ces ban-
dits peut-être qui effrayent le timide Hermann, ou
un de ces pauvres voyageurs dont vous avez pitié. »

La baronne pencha l'oreille et à travers les sinistres mugissements du vent et des bois, entendit en effet résonner la cloche du château.

Quelques instants après, un domestique vint annoncer qu'un étranger demandait un asile pour la nuit.

« Vous connaissez ma volonté, repartit vivement le baron ; à personne je ne refuserai un abri, surtout par un tel temps d'hiver. Quelle mine a cet étranger ?

— Il voyage à cheval, répondit le domestique, et il a l'air d'un gentilhomme quoiqu'il soit bizarrement vêtu.

— Engagez-le à monter près de moi, et faites-lui préparer à souper. J'ai connu, ajouta M. de La Sarraz, en se retournant vers sa femme, quand le valet fut sorti, un marchand qui, ayant acquis dans son commerce une assez grosse fortune, voulait se donner une apparence superbe. Quand on venait lui dire qu'un inconnu désirait lui parler : « Voyez « qui c'est, répondait-il en se renversant sur le « dossier de son fauteuil. Si c'est un manant, qu'on « le bâtonne ; si c'est un créancier, qu'on le jette à « la porte ; si c'est un gentilhomme, qu'on le fasse « entrer. » Nous n'avons, grâce au ciel, ma chère Anna, point de créanciers ; nous ne condamnons point les manants à la bastonnade ; nous imiterons cependant l'aristocratique marchand : nous recevrons le gentilhomme. »

L'étranger entra. C'était un petit vieillard maigre

et fluet, vif et preste, et habillé en effet d'une façon singulière : un justaucorps en velours noir
garni de boutons d'argent et noué à la taille par
une écharpe en soie rouge ; un petit sac en cuir,
suspendu d'un côté à cette ceinture, et de l'autre,
une dague enfermée dans un fourreau damasquiné ;
de larges culottes en peau de daim teintes en noir,
ornées sur les coutures d'une bande de pourpre ;
des bottes molles, évasées ; sur sa poitrine, un sif-
flet en argent, attaché à une chaîne de même métal ; sur sa tête, une espèce de bonnet phrygien.
Son regard cependant, son langage, ses manières
révélaient promptement un de ces hommes habi-
tués à vivre avec les maîtres, et à se faire respec-
ter partout où ils se présentent.

Il salua avec grâce M. et Mme de La Sarraz qu'il
n'avait jamais vus, leur adressa, en quelques mots,
un compliment délicat, et, ce devoir de politesse
accompli, s'assit sans façon à l'angle de la cheminée.

« Cette belle Suisse, dit-il en se frottant les
mains d'un air guilleret, depuis que je ne l'ai vue
j'ai un peu vieilli, et cela n'aide pas à supporter
les rigueurs de ses hivers. Quelle tempête ! A certains moments j'ai cru que je serais obligé de me
cramponner au col de mon cheval pour ne pas être
emporté par le vent dans le lac d'Yverdon, ou sur
une des cimes du Jura.

— Vous n'habitez pas la Suisse ? lui dit M. de La
Sarraz.

— Non, » répondit-il sèchement, comme s'il était choqué qu'on se permît de l'interroger. Puis soudain, reprenant un ton plus gai et plus amical, il ajouta : « J'y ai passé quelque temps dans ma jeunesse ; j'ai herborisé dans ses forêts, sur ses montagnes ; j'y ai même fait quelques bonnes observations, et comme on s'attache aisément aux lieux où l'on réussit dans son travail, j'ai été plus d'une fois très-tenté de rester dans ce pays, mais la curiosité, l'amour de la science, la passion du merveilleux m'ont emporté en de lointaines contrées. Tel que vous me voyez, j'ai voyagé de toutes les façons : à pied, à cheval, sur la bosse d'un chameau et la croupe d'un éléphant, dans des chaises en bambou portées par de pauvres gens réduits à l'état de bêtes de somme, dans des traîneaux avec un attelage de rennes, dans d'autres avec un attelage de chiens ; sur de grands navires européens, sur des jonques chinoises, sur des canots creusés dans des troncs d'arbres, sur des radeaux façonnés avec des faisceaux de joncs. Seulement, je n'ai pas voyagé, comme Icare, avec des ailes, ni comme Bacchus dans un char conduit par des tigres, ni comme Jonas dans le ventre d'une baleine. C'est égal, j'ai admiré en diverses occasions les procédés inventés par l'homme pour se procurer les moyens de locomotion et suppléer à sa faiblesse. »

En ce moment, le vieillard fut interrompu dans son monologue par le domestique qui lui apportait son souper. Le baron et la baronne avaient déjà pris leur repas du soir, mais tous deux s'approchèrent de la table pour en faire les honneurs à leur hôte. La baronne lui servit elle-même une tranche de pâté, et le baron lui versa du vieux vin de Bourgogne dans un grand *wiedercome*. Le vieillard mangea de bon appétit, but gaillardement, puis se remit à causer ou plutôt à discourir avec une volubilité qui ne laissait de place à aucune question, et une assurance qui ne permettait pas de douter de sa véracité.

Ses deux hôtes étaient pourtant bien étonnés de ses récits. Il leur racontait dans quels pays lointains il avait été, et quelles aventures lui étaient arrivées.

« Oui, disait-il, en fixant sur le foyer deux yeux petillants, comme s'il voyait dans les flammes des tisons une image de sa jeunesse; oui, j'ai eu l'ambition de continuer l'œuvre des hommes qui ont pénétré dans les arcanes de la nature. J'ai voulu aussi étudier la nature, parce qu'il y a entre elle et nous une intime corrélation.

« Je me suis mis en voyage. J'ai été de région en région, gravissant les cimes escarpées pour y cueillir les plantes les moins connues, descendant au fond des souterrains pour y scruter les veines métalliques, observant les divers phénomènes de l'air, de l'eau, du sol, et partout recherchant les différentes classes de gens auxquelles la croyance populaire attribue un pouvoir mystérieux. J'ai vu les charmeurs de serpents et les fakirs de l'Inde, les

derviches de Constantinople, les vieux cophtes du
Caire, les rabbins de la Palestine, les schaman de
la Tartarie. Je n'ai pas été en Chine où il y a de si
anciens éléments de science, ni à Ceylan où notre
père Adam, banni de l'Éden, se réfugia, dit-on, sur
un pic élevé qui porte encore son nom. C'est là
mon grand regret. Mais j'ai vécu avec des bandes
de bohémiens, cette race appauvrie, dégradée,
misérable dont on ne peut dire l'origine et qui
garde sous ses haillons un type de beauté superbe,
dans ses yeux le feu de l'Orient, dans sa mémoire
des fragments de poésie qui rappellent les âges ho-
mériques, et des traditions qui sont comme les pilastres épars d'un colossal édifice en ruine.

« J'ai aussi voulu voir ce qu'il en est des prétendus magiciens modernes, des devins, des astro-
logues, des faiseurs d'amulettes et de sortiléges.
En Finlande, pour naviguer dans la mer du Nord,
j'ai acheté d'un habile homme un bon vent enfermé dans les nœuds d'un mouchoir. En Laponie,
étant souffrant, je me suis confié à un autre savant
qui prétendait que je n'étais malade que parce que
mon âme m'avait quitté pour aller se promener
dans l'autre monde. Elle trouvait là, disait-il, des
âmes de sa connaissance qui tâchaient de la rete-
nir. Pour la déterminer à revenir à moi, il l'évo-
qua en se jetant la face contre terre, et enfin la
força à l'obéissance par ses conjurations et par le
retentissement de son tambour runique. En Allemagne, j'ai eu de longs entretiens avec une vieille

femme qui prétendait me faire connaître tout ce qui se passe sur le Blocksberg dans la nuit du sabbat. J'ai de mon côté parfois essayé de mettre en pratique les connaissances que j'avais acquises. Il y a là dans ce petit sac que vous voyez suspendu à ma ceinture, divers ingrédients avec lesquels j'ai fait quelques opérations assez curieuses. A Leipzig, les professeurs de l'Université m'ont donné le nom de Faustin, en mémoire du célèbre docteur Faust. Dans d'autres villes, on m'a regard écomme un sorcier. Il est vrai que je le suis un peu. Mais ne vous effrayez pas : un honnête et inoffensif sorcier qui ne soulève aucune tempête, ne produit aucun maléfice, et se confesse au moins une fois l'an. »

Ainsi parlait le singulier inconnu. La baronne était émerveillée de ses récits; le baron ne pouvait s'empêcher de sourire quelquefois, avec un certain air d'incrédulité. Cependant il écoutait en silence, sans exprimer un de ses doutes, et le petit Faust continuait à narrer, à décrire, et paraissait inépuisable. A la fin, comme minuit sonnait à l'horloge du manoir, il se leva, et, s'approchant du berceau où reposait le futur héritier de La Sarraz, il dit, après l'avoir attentivement contemplé quelques instants :

« Quel bel enfant! Comment s'appelle-t-il?

— Émile, répondit la baronne.

— Émile! Je m'en souviendrai. J'aime les enfants. Leur innocence élève ma pensée vers les sphères célestes, d'où descend, comme un souffle de

Dieu, notre âme virginale. Leur fraîche et ver-
meille figure m'apparaît comme une des plus jolies fleurs de la terre. Dans son sommeil et dans
ses rêves, l'homme ressemble aux plantes inertes, et

les plantes ne sont-elles pas des êtres vivants? Je
ne puis cependant pas regarder sans un certain
trouble l'enfant, par l'ignorance où je suis de son
avenir. Tout, dans les productions de la nature,

est réglé par des lois assurées, invariables, tout,
excepté l'avenir de l'homme. Quand j'examine un
gland, un pepin, un germe imperceptible, je sais
qu'il en sortira un chêne, un arbre fruitier, un
œillet embaumé. D'un œuf tacheté de différents
points, sortira l'épervier ou la colombe; d'un des
milliers de globules agglomérés dans les eaux, naî-
tront, ici la carpe, et là le brochet. Si j'examine
la forme et les couleurs d'une chenille, je n'hésite-
rai pas à dépeindre d'avance sa transformation.
Sauf quelques accidents exceptionnels, quelques
avortements, ou quelques rares déviations que l'on
note comme des monstruosités, l'œuvre généra-
trice de la nature est parfaitement déterminée et
perpétuellement immuable. Le milan ne produit
point de mélodieuses alouettes; le loup ne produit
point d'agneaux, et l'innocent écureuil ne produit
point de chacals. L'industrie humaine ne peut rien
changer à ces lois irréfragables. Ainsi l'on sait que
les canards couvés par une poule n'en courront
pas moins à l'eau comme des canards, dès qu'ils
auront brisé leur coquille, et que les perdreaux en-
levés tout petits à leur nid et nourris dans une
cage, ne chercheront qu'à s'envoler en pleine campagne, dès qu'ils auront des ailes.

« Mais l'enfant! que fera-t-il? Semblable à ses parents par son organisation physique, que sera-t-il
moralement? Peut-être un vaillant guerrier, un
artiste, un savant, un homme de génie, ou, ce qui
vaudrait encore mieux pour lui, un tranquille et

honorable citoyen, un bon père de famille. Peut-
être, au contraire....

« Oh! rassurez-vous, s'écria le vieillard, en remar-
quant l'inquiétude que sa nouvelle supposition,
avant même qu'elle fût formulée, éveillait dans
l'esprit de ses excellents hôtes ; rassurez-vous. Si,
en voyant un enfant, nous ne pouvons dire quelle
sera sa destinée en ce monde, il n'est pas impossible à la science d'en avoir au moins quelques in-
tuitions par certains diagnostics, et tout, dans ce
charmant petit être qui dort là si paisiblement, le
dessin harmonieux de la figure, la fine découpure
des lèvres, l'arc des sourcils, les contours du front,
tout, jusqu'aux lignes délicates que je remarque
sur ses petites mains blanches, tout me semble
d'un heureux augure. Comme vous m'avez accueilli avec tant de bonté, voulez-vous me permettre de faire un présent à votre cher Émile?

— Oh! monsieur, murmura la baronne d'un air
d'embarras, n'osant accepter l'offre du voyageur,
et craignant de le désobliger en le refusant.

— Je me suis mal exprimé, reprit-il ; c'est vous-
même qui ferez ce cadeau à votre fils, en formu-
lant un vœu que j'accomplirai. »

Le baron et la baronne se regardèrent en silence, ne sachant comment répondre à une telle
proposition.

« Je parle très-sérieusement, ajouta le docteur
Faustin. Il est en mon pouvoir de réaliser le vœu
que vous ferez. Seulement, je vous en prie, réflé-

chissez avant de le prononcer. Prenez garde de
vous laisser abuser par une idée fausse, par un désir trompeur; car dès que vous aurez exprimé
votre souhait et que je l'aurai accepté, ma parole deviendra une sentence, une irrévocable sentence. »

Il articula ces mots d'un ton solennel, et, se
penchant sur la couchette de l'enfant, resta absorbé dans sa muette contemplation.

La baronne se leva, se retira près de la fenêtre,
appela près d'elle son mari et lui dit :

« Quelle étrange chose! Qu'en pensez-vous?

— Bah! ma chère, répliqua M. de La Sarraz,
une amusante plaisanterie!

— Non, je ne puis croire que ce soit une plaisanterie. Ce voyageur, qui est entré ici d'une si singulière façon, qui nous a fait tant d'étonnants récits, n'est certainement pas un homme ordinaire.
Il y a dans le feu de son regard, dans l'accent de
sa voix, dans l'expression de sa physionomie, dans
la singularité de ses vêtements et de toute sa personne, je ne sais quoi qui m'impose et m'agite.
Songez donc, si c'était vraiment un sorcier! S'il
pouvait réellement, par je ne sais quel pouvoir
mystérieux, exercer une influence sur l'avenir de
notre cher enfant!...

— Mais puisqu'il vous abandonne à vous-même
le soin de former le vœu qui vous plaira, vous n'a-
vez rien à craindre. S'il peut réaliser ce vœu, vous
n'aurez qu'à vous en réjouir, et s'il s'amuse, nous

nous amuserons à notre tour de ses beaux discours et de ses prétentions.

— Vous riez. Je voudrais rire ausi, et, malgré moi, je ne le puis. Il faut cependant répondre à une offre qui, après tout, j'en suis sûre, est faite avec une bonne intention. Que faut-il demander?

— C'est à vous que le magicien s'est adressé, et c'est à vous à résoudre cette grave question. Pour moi, s'il m'était permis de dire mon sentiment, je voudrais que notre fils fût beau, brave, généreux, un peu galant; si bien qu'un jour il eût le bonheur d'épouser une douce et gentille femme comme mon Anna, s'il en existe encore une pareille dans le monde.

— Merci du compliment, répliqua la baronne avec une jolie petite moue, vous feriez mieux de m'aider dans mes perplexités. Notre fils est beau; il sera brave, tous ses ancêtres l'ont été; généreux, je tâcherai de lui enseigner cette vertu, et galant, il n'aura qu'à suivre votre exemple. De plus, il sera riche, et il épousera qui il voudra.

— Alors, ma chère amie, je ne vois pas ce qu'il vous reste à demander pour lui, et si toutes les fées des pays de Vaud, de Berne et de Genève étaient conviées à son baptême, je n'imagine pas ce qu'elles pourraient ajouter à ses qualités.»

La baronne pencha la tête sur son sein, promena autour d'elle un regard rêveur, et soudain s'écria:

«Je suis si heureuse, si heureuse, que je ne redoute que la fin trop prompte de mon bonheur, c'est-à-dire la mort ; et je voudrais que mon fils, qui, je l'espère, sera heureux comme moi, ne mourût pas.

— Très-bien ! répliqua son mari ; voilà une idée, et une fameuse idée, tout simplement une révolution dans la loi universelle de l'humanité. Peste ! comme vous y allez !

— Soit ! moquez-vous de moi ! C'est là ce que je veux, et rien d'autre. »

A ces mots, elle se rapprocha de Faustin et lui exprima son désir.

Le baron riait. Le vieillard, au contraire, devint très-grave.

« Oh ! madame, dit-il avec un accent de tristesse, avez-vous bien songé au vœu que vous venez de me manifester ? En avez-vous examiné ou seulement entrevu les conséquences ? Avant que je l'accepte et que je m'engage à l'accomplir, je vous en conjure, pensez-y encore. J'attendrai patiemment le résultat de vos réflexions. »

La jeune mère, troublée par ces paroles, se tut, regarda son mari, le consulta de nouveau. Mais, comme il était convaincu que toutes les promesses du docteur n'étaient qu'un jeu, il n'essaya point de la détourner de son rêve.

« Autant vaut cela qu'autre chose, lui dit-il tout bas. Il n'en sera ni plus ni moins.

— Eh bien ! reprit la baronne, je persiste dans mon souhait.

— Hélas ! répliqua le docteur, vous êtes décidée?

— Très-décidée.

— Allons. Quoiqu'il m'en coûte de céder à une telle erreur, j'ai pris un engagement que je tiendrai. Ce que vous demandez sera fait. Regardez sur vos chenets ce tison à demi enflammé. Tant qu'il subsistera, la vie de votre fils se continuera. »

A ces mots, le baron, par une impulsion subite et irrésistible, s'élança vers le foyer, s'empara du tison, et l'éteignit.

Le vieillard le contempla tristement, étendit ses deux mains sur la tête de l'enfant, murmura quelques paroles inintelligibles et sortit.

Le lendemain, on le chercha en vain dans tout le manoir. Il avait disparu avec son cheval, sans qu'on pût dire à quelle heure, ni comment.

Ce dernier incident émut le baron. Il essayait bien encore de parler en plaisantant de l'apparition nocturne du docteur, de ses incroyables récits et de sa merveilleuse promesse. Au fond du cœur, malgré lui, en se rappelant la physionomie et le langage de cet homme, il éprouvait une sorte de crainte superstitieuse. A tout hasard, il crut devoir conserver soigneusement le tison auquel, selon les paroles du sorcier, était attachée l'existence de son fils. Il le prit sous son manteau, le porta sur un des remparts de son donjon, et fit venir un ouvrier qui le revêtit d'une épaisse maçonnerie.

L'enfant grandit et devint ce que ses parents dé-

siraient, un beau et généreux chevalier. Appelé à
prendre les armes pour la défense de son pays, il
combattit vaillamment au premier rang, en diverses
occasions, et sortit sain et sauf de plusieurs luttes
sanglantes. Ensuite, il épousa une noble jeune fille.
Puis son père et sa mère moururent; puis sa
femme et ses enfants. Lui ne mourait pas. Il vit
successivement disparaître autour de lui toute la
génération à laquelle il appartenait, et la génération suivante et une autre encore. La mort entrait
dans sa demeure, et lui enlevait l'un après l'autre
ceux qu'il considérait comme ses héritiers, ceux
dont il invoquait l'affection pour le soutenir dans
sa vieillesse, et l'assister à sa dernière heure. La
mort frappait sans cesse autour de lui et passait
sans l'atteindre. Il ne mourait pas, mais il subis-
sait, comme les autres hommes, l'action des années. Il était caduc, débile, tremblotant, grelottant
comme un faible enfant, et seul, au milieu d'une
race nouvelle qui le regardait avec une sorte d'effroi, et dont il ne comprenait ni les mouvements,
ni les idées, pas même le langage.

Tous ses liens de cœur étaient brisés depuis longtemps. Sa vie était sans joie et sans attachement,
ou plutôt sa vie n'était qu'un souffle dans un cadavre. Il n'avait plus d'autre sensation que celle de
la souffrance, et il implorait la mort, et quand il
entendait sonner la cloche des funérailles, il disait
en sanglotant:

« Ne sonnera-t-elle donc jamais pour moi ? »

« Dieu soit loué ! » s'écria-t-il. (Page 281.)

Son père lui avait raconté la visite de Faustin et son singulier engagement, et il avait ri. Mais à mesure qu'il vieillissait, ce souvenir se retraçait comme un fait sérieux à son esprit. Peu à peu, il en vint à l'idée fixe de retrouver le tison, et de l'anéantir. Mais où le chercher? Dans quelle partie du château, dans quelle cavité inconnue était-il enfoui? Des fouilles furent entreprises sur différents points; des meubles furent brisés, des murs renversés, sans qu'on aperçût le moindre indice du magique talisman. Un jour enfin, un jeune paysan du village entendant parler de ces perquisitions, se rappela une tradition qui remontait jusqu'à son arrière-grand-père, et d'âge en âge s'était conservée dans sa famille. Il se rendit au château, traversa la cour, le préau, fit le tour des remparts, et arrivé à un certain endroit, crut se souvenir qu'en un lieu semblable, le maçon dont son aïeul lui avait dit l'histoire, avait été, à sa grande surprise, invité à sceller entre de grosses pierres un morceau de bois noirci. D'après cette vague indication, de nouvelles recherches furent faites. Le mur fut pièce à pièce démoli sur une longue étendue, et à l'un de ses angles on trouva en effet le morceau de bois. On le porta aussitôt au pauvre infirme désespéré, qui le prit entre ses mains en s'écriant:

« Dieu soit loué! »

Puis il le jeta au feu, et au moment où la flamme du foyer en dévorait la dernière parcelle, le malheureux valétudinaire exhalait son dernier soupir.

A quelques lieues de Lausanne, sur la route de Morges à Yverdon, s'élève encore dans toute l'élégance et la beauté de son architecture gothique le château où s'accomplit cet événement. Au haut de son portail et dans quelques-unes de ses ogives, des pierres sculptées représentent un homme coiffé d'un bonnet phrygien. Les gens du pays disent que c'est le petit homme rouge de La Sarraz.

FLORELLA

. Conte américain.

Dans une lointaine région qu'on n'a pas encore découverte, vivait un roi puissant dont on n'a pu retrouver le nom. Pendant son règne, il avait négligé de faire des pensions aux poëtes et aux historiens de son royaume. Pour se venger d'un tel oubli, ces fiers écrivains résolurent de ne jamais inscrire son nom nulle part. C'est ainsi qu'il a été perdu pour la postérité.

Tout ce que nous savons de ce souverain, à une certaine époque de son existence, c'est qu'il était veuf, et qu'il avait une fille unique d'une beauté extraordinaire qui avait une fée pour marraine.

Cette jeune princesse, en sa qualité d'unique héritière d'un grand royaume, était, comme on peut le

croire, bien servie, et tout était combiné de façon à
la rendre digne de sa haute destinée. Pour être préservée du contact des petites gens, elle fut enfermée
dans une tour avec quelques demoiselles d'honneur qui devaient lui inculquer le sentiment de sa
supériorité sur toutes les autres créatures humaines, et la nécessité de faire voir sa majestueuse
grandeur dans toutes les circonstances. Par respect
pour son suprême avenir, jamais on ne devait ni
la contredire, ni la réprimander, à moins qu'il ne
lui arrivât de manifester un goût trop simple, ou
trop naturel ; et devant elle, on ne devait jamais
rien dire, ni rien faire qui pût lui rappeler qu'elle
était mortelle.

En réalité, Florella avait tout à sa disposition
excepté la liberté. Si elle témoignait le désir d'aller
dans les champs cueillir des fleurs, ou courir après
les papillons, on lui faisait observer que la future
souveraine d'un grand pays ne pouvait avoir de si
vulgaires amusements. Si elle demandait à s'associer aux jeux des enfants de son âge, sa gouvernante, qui était une grande et fière dame, fronçait
le sourcil, et lui disait que la fille d'un roi ne pouvait sans se dégrader penser un instant à se rap-
procher d'une caste si inférieure. Enfin elle était enlacée dans les liens d'une rigoureuse étiquette, as-
servie à toutes sortes de minutieuses formalités ;
et bien que tous ceux qui l'entouraient cherchas-
sent à lui plaire, elle ne pouvait faire ce qui lui aurait plu.

Dans sa haute tour, séparée du reste du monde, elle passait une partie de ses jours à la fenêtre, regardant les enfants qui couraient et jouaient librement. Elle les voyait manger d'un bon appétit un morceau de pain sec, tandis qu'elle ne se sentait pas le moindre appétit pour les friandises qu'on lui préparait.

A mesure qu'elle grandit, son état de séquestration lui devint plus pénible, et son désir de liberté plus vif. Elle enviait le sort des enfants pauvres qui pouvaient s'abandonner sans contrainte à une impulsion naturelle, qui n'étaient point à toute heure obligés de se soumettre aux règles de l'étiquette, aux restrictions imposées par une douzaine de demoiselles d'honneur et une vieille gouvernante.

Souvent, elle se comparait au petit oiseau que la fée sa marraine lui avait donné. En voyant les autres oiseaux sautiller, voler sur les rameaux de la forêt, il s'agitait dans sa cage, il frappait de son bec les barreaux de sa prison et cherchait un moyen de s'échapper.

Un jour que par son chant plaintif il semblait gémir de sa captivité :

« Pauvre oiseau, lui dit Florella, tu es en prison comme moi, mais je puis te délivrer. Va, va, prends ton essor, parcours librement l'espace. Je te regretterai, car tu étais ici mon doux compagnon d'infortune. Mais peut-être que tu reviendras quelquefois le matin et le soir chanter à ma fenêtre. »

En prononçant ces mots, elle ouvrit la cage, prit

le petit oiseau dans sa main, lui donna un baiser
et le mit en liberté. D'abord il tourna plusieurs
fois devant la fenêtre comme s'il ne pouvait se résoudre à s'éloigner de sa petite maîtresse ; puis il
alla se percher sur un arbre, et se mit à chanter
avec une vivacité, une joie, une ardeur qu'il n'a-
vait jamais eues ; puis il vint encore près de Florella, comme pour lui dire adieu, et disparut dans
les profondeurs des bois.

Florella se sentit attristée de ne plus le voir, et
elle pleurait quand sa gouvernante rentra, qui entreprit de lui persuader qu'il n'y avait point de
bonheur au monde comparable à celui d'une jeune
fille destinée à hériter d'un grand royaume.

« Que pouvez-vous, ajouta-t-elle, désirer encore ?

— La liberté, » répondit Florella.

La vieille gouvernante secoua la tête et répliqua :
« La liberté n'est faite que pour les petites gens.

— Je voudrais être une de ces petites gens, »
reprit Florella.

La gouvernante frémit en entendant exprimer
une si monstrueuse pensée.

Le soir, l'innocente Florella pensait encore à son
oiseau, et se demandait si jamais elle le reverrait,
et voilà que tout à coup il revint se percher en
face d'elle et se mit à chanter. Le lendemain, il revint de même, et tous les jours matin et soir. Florella l'attendait. Il lui semblait que cet oiseau com-
patissait à ses peines et cherchait à la consoler.

Elle lui donna un baiser et le mit en liberté. (Page 286.)

Elle atteignit ainsi sa quinzième année, et de plus en plus sa captivité lui devenait odieuse, et son caractère s'aigrit. Elle devint capricieuse et impérieuse. Souvent elle tombait dans de profondes rêveries, et quelquefois elle pleurait.

« Hélas! s'écriait-elle un jour, à quoi me sert d'être la fille d'un grand roi? Mieux vaudrait pour moi être née dans une pauvre maison. Et à quoi me sert d'avoir pour marraine une fée? Elle ne s'inquiète pas de moi. »

Au même instant elle vit apparaître l'oiseau. Sur l'arbre où il avait coutume de se percher, il fit entendre un cri mélodieux comme pour appeler l'attention de Florella, puis il s'élança vers elle et, s'approchant de son oreille, lui dit :

« Vous vous plaignez de l'oubli de votre marraine. C'est elle qui m'envoie près de vous. Dites-moi ce que vous voulez ?

— Je voudrais, répondit Florella, être libre, libre d'aller, de venir, de chanter et de me réjouir comme les enfants du peuple que je vois passer sous mes fenêtres. Je voudrais au moins ne pas rester captive dans cette tour.

— Vous n'y serez bientôt plus, répliqua l'oiseau. On attend prochainement à la cour le fils de l'empereur de la lune. Votre père veut vous marier avec lui. Adieu. Je ne reviendrai que lorsque vous m'appellerez. Dans votre nouvelle existence, vous oublierez peut-être votre petit oiseau. Souvenez vous cependant que je suis le messager de votre marraine. Quand vous aurez besoin de moi, je reviendrai. »

A ces mots, il s'enfuit.

Quelques jours après, comme il l'avait dit, le fils du souverain de la lune arriva. Florella fut revêtue d'une robe splendide ; et comme on savait que le prince avait une admiration particulière pour les petits pieds, elle fut obligée de mettre des pantoufles si étroites qu'elle pouvait à peine marcher. Ainsi parée, elle s'avança dans la grande salle du palais où elle devait voir son prétendu. Quoiqu'elle fût d'une beauté extraordinaire, elle était modeste et timide. Pour la première fois, elle sortait de sa longue reclusion. La vue de tous les dignitaires, de tous les courtisans réunis pour cette solennelle présentation, la fit rougir, et la difficulté de marcher avec ses étroites pantoufles lui donnait un air embarrassé.

Le prince de la lune, qui avait la prétention d'être un sagace observateur, disait que la rougeur d'une femme était l'indice d'une mauvaise conscience. L'innocente Florella avait rougi. Il en était choqué. Il remarqua cependant qu'elle avait le pied très-petit. Mais en même temps il remarquait qu'elle marchait gauchement. Il haussa les épaules, fronça les sourcils, prit une prise de tabac et murmura dans le dialecte de la lune quelques mots qu'on ne pouvait comprendre.

Mais après sa première surprise, le prince s'inclina jusqu'à terre, complimenta Florella sur l'élé-

gance de sa toilette, vanta la beauté de ses diamants ; puis tirant de sa poche une règle en ivoire,
et s'agenouillant devant la princesse, mesura son
pied.

« Dimension parfaite, dit-il avec un accent de
joie. Si ce pied était de quelques lignes plus long,
je serais très-malheureux.

— Votre Altesse, dit une des dames d'honneur,

ne connaît pas encore l'esprit et l'intelligence de ma maîtresse.

— Bah! répliqua le glorieux fils du roi de la lune. De ces qualités-là, je ne me soucie guère. Ce qui me plaît en la personne que je dois épouser, c'est de la voir sur un bon pied. »

Et il se mit à rire de cette sotte plaisanterie, et tous les courtisans se firent un devoir de rire pour le flatter.

Florella était affligée. Au lieu d'un beau et noble prince, tel qu'elle pouvait le rêver, elle voyait un jeune homme vieilli avant l'âge, efféminé, prétentieux, ridicule.

Cependant la présentation était faite et le mariage décidé. Il y eut un pompeux banquet pendant lequel le galant prince fit à Florella une si longue dissertation sur l'art culinaire qu'elle le félicita de posséder si bien une science si importante.

« La cuisine, répliqua-t-il d'un ton doctoral, a été ma principale étude dans mes voyages, et je prétends la réformer en entier dans mes États dès que le vieux pince-maille sera mort. »

C'était de son père qu'il parlait ainsi. Par là, il acheva de révolter Florella.

Dès que le banquet fut fini, elle souhaita de rentrer dans son appartement; et en songeant à l'homme indigne auquel on voulait l'unir, elle fondit en larmes.

« Non, non, s'écria-t-elle, je ne l'épouserai pas. J'y suis bien décidée.

— Vous ne pouvez vous y refuser, répliqua la gouvernante. Les filles de rois ne se marient pas selon leur inclination, mais selon les convenances ou les intérêts de leurs augustes parents.

— Hélas! s'écria Florella, faut-il donc que je sois séquestrée du monde entier, enfermée dans une tour ou mariée à un homme pour lequel je n'éprouve que du mépris. »

Mais ses gémissements et ses protestations étaient inutiles. Sa gouvernante les condamnait, et son père croyait lui donner une grande marque de sa sollicitude paternelle en la mariant avec l'héritier d'un puissant royaume.

Elle cessa de se plaindre, voyant que ses plaintes ne touchaient personne, et espérant que quelque événement imprévu la délivrerait du triste sort dont elle était menacée. En attendant elle avait la satisfaction de n'être point obsédée de son fastidieux prétendant. Il consacrait chaque jour tant d'heures aux soins de sa toilette et à quelques nouveaux essais culinaires qu'il ne pouvait guère s'occuper de sa belle fiancée. Il comptait bien d'ailleurs n'avoir plus rien à faire pour gagner son affection. Il était convaincu que dès l'instant où elle l'avait vu, elle l'avait aimé.

Un jour cependant, comme il était invité à une grande chasse à laquelle Florella devait assister, il demanda avec une insistance toute particulière qu'il lui fût permis d'accompagner la princesse comme un humble page et de veiller constamment sur elle. Ce n'était point par une généreuse inquiétude d'affection qu'il montrait un si beau zèle, mais pour une crainte toute personnelle. Il savait que la forêt désignée pour la chasse était pleine de lions, de tigres, de sangliers; il tremblait de se trouver en face d'un de ces animaux féroces, et il pensait qu'il serait moins exposé à ce danger en restant près de Florella sous le prétexte de la protéger.

Ce qu'il demandait comme une grâce avec une apparence de généreuse tendresse ne pouvait lui être refusé.

Au jour indiqué, dès le matin, tous les chasseurs se mirent en marche avec les belles dames de la cour, leurs pages et leurs écuyers. Les cors de chasse, les trompettes résonnaient au loin, et c'était beau de voir cette légion de princes, de nobles, avec leurs armes étincelantes et leurs chevaux richement caparaçonnés.

Au milieu de cette pompeuse assemblée, Florella sans le vouloir attirait tous les regards par le pur éclat de sa jeunesse, par sa charmante beauté. Le prince qui avait si vivement sollicité le bonheur de la protéger, la contemplait de telle sorte qu'en chevauchant près d'elle, il ne vit point la route qu'il devait suivre, et tomba dans un marais où il salit ses fins vêtements, ce dont il fut fort chagriné.

Bientôt les aboiements des chiens annoncent le commencement de la chasse. Les cavaliers, l'épieu à la main, se précipitent de côté et d'autre à la recherche des bêtes fauves. Le prince de la lune, en vertu du droit de patronage qui lui a été accordé, arrête par la bride le cheval de Florella, et se tient prudemment à côté d'elle sur la lisière de la forêt.

Mais voilà que d'une enceinte de rocs sort tout à coup un sanglier avec d'énormes défenses, la bouche écumante, l'œil en feu. Blessé par une flèche et furieux, il s'élance contre un groupe de chasseurs qui essayaient de l'arrêter, éventre les chiens, renverse les chevaux, puis, continuant sa course effrénée, arrive à l'endroit où le prétendant de Florella avait cru devoir sagement s'arrêter.

A l'aspect de ce monstre, le vaillant prince grimpe au haut d'un arbre et se cache dans les feuilles. Le cheval de Florella tremblait de tous ses membres, et la pauvre Florella pâlit, chancelle, et tombe évanouie.

Le sanglier se dirige vers elle. Il court impétueusement, il va l'atteindre, quand soudain apparaît un jeune homme qui, se plaçant en face de la bête furibonde, l'attend de pied ferme, et au moment où elle fait un nouveau bond pour saisir sa proie, lui enfonce d'une main vigoureuse un javelot dans la poitrine. L'animal pousse un cri horrible, puis roule par terre, baigné dans son sang.

Réveillée dans sa léthargie par ce rugissement, Florella ouvre les yeux, voit le sanglier étendu sur le sol, et debout devant elle, un inconnu, un jeune homme très-simplement vêtu, mais remarquable par l'expression de sa bonne et honnête physionomie.

« Est-ce vous, lui dit-elle d'une voix émue, est-ce vous qui m'avez délivrée du mortel danger qui me menaçait?

— J'ai tué le sanglier, répond d'un ton modeste l'étranger, et le plus grand bonheur de ma vie est d'avoir pu servir à vous protéger.

— Merci! merci! s'écrie avec un transport de gratitude la princesse.

— Je ne mérite aucun remercîment pour un hasard dont je suis si heureux.

— Mon père aussi vous remerciera, et il est riche et puissant.

— Vraiment! Qui donc êtes-vous?

— La fille unique du roi de cette contré

— Hélas! Tant pis pour moi.

— Pourquoi donc?

— Il y a une si grande distance entre la fille d'un roi et un simple paysan!

— Que voulez-vous dire? »

Mais en ce moment un bruit singulier se fit entendre. Fiorella se leva effrayée et, dans son émotion, saisit la main du jeune homme comme pour lui demander encore sa protection.

Ce bruit qui l'avait surprise provenait d'une nouvelle manœuvre du prince de la lune. Du haut de l'arbre où il s'était si prudemment perché, il voyait revenir les chasseurs; il pensa qu'il devait pour son honneur quitter son refuge. Il descendit en cassant plusieurs branches, et quand il fut à terre, que vit-il? La princesse qui s'appuyait, tremblante, sur le bras d'un étranger qui ne portait ni habits dorés, ni panache, mais un rustique vêtement.

« Holà! holà! s'écria-t-il; qui êtes-vous pour oser toucher à cette jeune princesse, à celle qui doit être mon épouse?

— C'est mon libérateur, » répliqua la princesse,

en jetant sur le lâche et insolent prince un regard
de mépris; « c'est lui qui m'a délivrée du monstre
auquel vous m'aviez tranquillement abandonnée.
Il a tué le sanglier.

— Croyez-vous? » repartit le prince. Il tourne la
tête du côté du monstre, et le voyant étendu sur
le sol, complétement inanimé : « Non, dit-il, vous
êtes dans l'erreur. Il n'est pas mort. C'est moi qui
le tuerai. »

A ces mots, tirant son épée, il se mit à frapper
de toutes ses forces sur le cadavre. La princesse
et le jeune étranger riaient de cette ridicule fanfa-
ronnade.

Mais le roi et ses courtisans qui arrivaient en ce
moment crurent que c'était lui qui avait eu l'au-
dace d'attendre, la force d'abattre le sanglier, et le
félicitèrent à qui mieux mieux de son courage.
Plus on le complimentait, plus il frappait avec ardeur. Enfin, il essuya son épée, la remit dans le
fourreau et reçut d'un air modeste les éloges qu'on
lui prodiguait.

Florella s'indignait de tant de fourberie, jointe à
tant de lâcheté. Le jeune inconnu, debout à quelque distance, appuyé sur sa lance, le regardait
avec un superbe dédain. Mais il ne devait pas rester là longtemps.

Les lois du royaume condamnaient à mort quiconque osait toucher à une des personnes de la famille royale.

Le prince de la lune raconta que pendant qu'il

luttait au péril de sa vie contre le sanglier, la princesse s'était évanouie, et que cet étranger, cet impudent, ce misérable avait profité de cet évanouissement pour la prendre dans ses bras.

En vain Florella protesta avec une généreuse indignation contre cette imposture. En vain elle raconta la couardise du prince et la vaillante conduite de l'inconnu. Le roi ne voulut pas l'écouter.

Le jeune homme fut arrêté, conduit en prison, jugé immédiatement, condamné à mort.

Il n'avait pas même essayé de se défendre. Il écouta tranquillement son arrêt. Mais Florella voulait le sauver. Elle se jeta aux pieds de son père; elle sollicita par ses supplications, par ses larmes, la grâce de celui sans lequel infailliblement elle aurait péri. Le roi la repoussa durement et lui reprocha d'oublier la dignité de sa naissance. Elle fit une autre tentative près de son prétendant, elle le conjura de faire un acte de justice en confessant la vérité. Le magnifique prince se mit à rire et lui dit qu'il ne comprenait pas comment elle pouvait s'inquiéter une minute d'un homme dont on ne savait pas même le nom et qui était vêtu comme un paysan.

Dans son angoisse et son désespoir, tout à coup la princesse se souvint de son petit oiseau. Elle rentra dans sa chambre, elle l'appela d'une voix plaintive. Un instant après, il apparut et lui dit :

« Que désires-tu? Parle, j'irai porter tes vœux à ta marraine. »

Florella lui raconta ce qui était arrivé et ce qu'elle souffrait, en songeant que celui à qui elle devait la vie, et qui devait être généreusement récompensé de son courage, allait périr victime d'une infâme imposture.

« Rassure-toi, lui répondit l'oiseau. Aie confiance dans la Providence. Tu es bonne, tu es pure. La Providence protége ceux qui ne s'écartent point du chemin de la vertu. Espère et repose en paix cette nuit. Qui sait ce que tu apprendras demain matin? »

A ces mots il s'éloigna. La princesse, rassurée par ses paroles, se mit au lit et dormit d'un doux sommeil.

Le lendemain, en s'éveillant, elle sonne ses femmes de chambre, mais aucune ne se rend à son appel. Impatientée de leur retard, elle veut s'habiller elle-même, et à la place de ses riches parures elle ne voit que les vêtements vulgaires d'une fille de la campagne. Elle promène autour d'elle ses regards étonnés. Elle n'est plus dans son superbe appartement, mais dans une chambre rustique, très-simplement meublée. Au même instant elle entend une voix qui lui dit :

« Allons, ma petite demoiselle, il est temps d'aller traire les vaches.

— Où suis-je? s'écrie-t-elle ; que m'est-il arrivé? »

Elle court à la fenêtre et reste surprise et charmée du nouveau tableau qui se déroule devant elle. Une immense plaine où étincelle aux rayons du soleil la rosée du matin, des champs cultivés, des prés fleuris, des troupeaux de moutons sur les collines, des troupeaux de bœufs et de vaches à l'ombre des hêtres ; de ci, de là, de riantes maisons devant lesquelles courent de joyeux enfants ; partout la lumière, la vie et l'air embaumé.

« Est-ce un rêve? dit Florella ; ou ai-je été réellement, pendant mon sommeil, emportée dans une nouvelle région? »

Au même instant, elle aperçoit son petit oiseau battant des ailes, chantant à plein gosier un de ses chants mélodieux. Il s'approche d'elle et lui dit : « Comment trouves-tu ta nouvelle demeure? Penses-tu que tu puisses y être heureuse, en travaillant pour toi-même et pour les autres?

— Que veux-tu dire, mon doux oiseau? demande

Florella. Où suis-je et pourquoi ai-je été transportée dans cette région?

— Pour y vivre heureusement, si tu sais mériter ton bonheur. Tu es dans le Nouveau-Monde, loin de l'étiquette des cours, et de l'ennui des palais. Pourvu que tu veuilles ici remplir tes devoirs, tu auras toutes les innocentes joies que tu peux désirer, et tu seras à jamais affranchie de l'esclavage auquel tu fus soumise dès ton enfance.

— Et le prince de la lune, serai-je aussi délivrée de ses persécutions?

— Oui, pour toujours, si tu remplis les devoirs de ta nouvelle condition.

— Et l'étranger qui m'a sauvé la vie? Hélas! Je n'ose m'informer de lui. Il s'est sacrifié pour moi. Il est mort, sans doute?

— Non. Il vit, et tu pourras le revoir.

— Et mon père?

— N'en demande pas plus à présent, et va commencer ta nouvelle vie. Entends-tu cette voix qui t'appelle à ta rustique tâche? C'est la voix d'une brave femme à qui la fée t'a confiée. Pour la bonté qu'elle te témoignera, tu lui devras de la soumission, de la gratitude, de l'affection. Si tu manquais à ces devoirs, tu n'obtiendrais pas le bonheur qui t'est offert. Si tu te sentais fatiguée de ta nouvelle existence, appelle-moi. J'irai revoir ta marraine, et elle te ramènera à la cour de ton père. »

L'oiseau s'éloigna, et Florella s'habilla, se coiffa non sans peine, car, jusque-là, elle n'avait rien fait de semblable : c'était l'œuvre de sa femme de chambre. Elle sortit de sa chambre et vit sur le seuil de la porte une vieille femme dont la physionomie avait une touchante expression de douceur et de bienveillance.

« Allons, mon enfant, dit la bonne Marguerite (c'est ainsi qu'on l'appelait), aujourd'hui, vous étiez fatiguée de votre long voyage; demain, vous serez plus matinale. Allons, les vaches nous attendent, et ce sont elles qui nous donneront notre déjeuner. »

Florella suivit sa nouvelle institutrice; mais, malgré sa bonne volonté et ses efforts, elle ne put tirer des vaches rebelles une goutte de lait.

« Ah! dit Marguerite en riant, je pensais bien que ma jeune auxiliaire ne réussirait pas si vite. Mais voyez. »

A ces mots, elle s'assit sur un escabeau, et finit sa tâche sans difficulté.

Après ce premier travail, Florella fut invitée à déjeuner. Et grâce à l'air frais du matin, aussi à l'exercice qu'elle venait de faire, elle prit son humble repas champêtre avec un appétit qu'elle n'avait jamais eu aux banquets de son palais.

Marguerite lui prescrivit encore diverses besognes, lui indiquant avec bonté comme elle devait les faire, la suivant d'un regard bienveillant dans ses essais et l'encourageant affectueusement.

Puis, lorsque tout fut mis en ordre dans la maison, elle l'engagea à faire une promenade. Florella

mit sur sa tête un chapeau de paille, et s'en alla à
travers les champs fleuris, respirant l'air embaumé, admirant les beautés de la nature, et, çà
et là, s'amusant à courir avec les gens de la
campagne, qui répondaient poliment à ses ques-
tions, et la remerciaient de ses témoignages d'intérêt.

De jour en jour, de semaine en semaine, Florella
prend plus de goût aux diverses tâches qui lui sont
confiées et acquiert plus d'habileté. En même
temps, elle devient plus alerte et plus forte. La
bonne Marguerite la regarde avec une tendre satisfaction, et quelquefois s'écrie qu'il n'y a pas à
dix lieues à la ronde un riche agriculteur qui ne
devrait s'estimer heureux d'épouser cette jeune
fille si belle et si active.

Mais voilà que cette vieille Marguerite tombe
malade, très-gravement malade. Florella la soigne
jour et nuit, avec un zèle et une affection infatiga-
bles. Grâce à cette intelligente assistance, peu à peu
le mal s'apaise. Marguerite se relève et prend sa
jeune compagne dans ses bras, la remercie avec
une cordiale effusion de son dévouement.

Le petit oiseau vient revoir la charitable Florella
et lui murmure à l'oreille :

« Très-bien! très-bien! Tu auras ta récompense. »

Un matin, Marguerite lui dit :

« Mon enfant, je suis tout à fait bien. Mais toi,
tu dois avoir besoin de respirer le grand air. Il y a

si longtemps que tu n'es sortie. Va, je t'en prie, va faire une promenade. »

Florella obéit. Elle s'en va sur les bords du ruisseau où les enfants s'amusent à cueillir des fleurs, et ils se réjouissent de la revoir. Elle s'en va près d'une grotte solitaire d'où tombe une cascade. C'est sa retraite favorite. Elle s'assoit sous les rameaux touffus d'un chêne, et se met à songer au passé, à l'avenir. Tandis qu'elle s'abandonne à sa vague rêverie, tout à coup apparaît devant elle l'étranger qu'elle a vu à la cour de son père, le vaillant chasseur qui l'a préservée des fureurs du sanglier.

Il lui demande respectueusement la permission de s'approcher d'elle, et elle est contente de le revoir. Elle le remercie encore du service qu'il lui a rendu, puis lui raconte par quelle puissance féerique elle a été en une nuit transportée de son palais dans une rustique métairie.

« Singulière analogie! s'écrie le jeune homme. J'ai aussi une fée qui me protége. Quand j'étais en prison, quand j'allais subir ma sentence, une fée invisible m'a aussi délivré de mes chaînes, m'a ouvert les portes de mon cachot, et m'a ramené dans ce pays, qui est mon pays natal.

Florella s'étant levée pour retourner au logis, le jeune homme obtient, par une humble prière, l'autorisation de l'accompagner. Il connaît la vieille Marguerite, et elle l'accueille très-amicalement, car elle sait que c'est un brave garçon, et le fils d'un des paysans les plus estimés du canton.

Le lendemain et les jours suivants, il revient. Il
aime l'innocente Florella, et Florella avoue aussi
qu'elle l'aime.

Un matin, d'un rayon de lumière descend la
marraine de la jeune fille, la fée de l'Arc-en-Ciel.

Elle s'approche de sa filleule et lui dit :
« Tu as vécu dans une situation toute différente
de celle où tu étais née. Choisis à présent celle qui

te plaît le plus. Veux-tu être souveraine d'un grand royaume, ou veux-tu rester dans ta position actuelle?

— Je voudrais revoir mon père, dit Florella.

— Ton père est mort, et son peuple est prêt à se soumettre à ton autorité. Veux-tu régner?

— Non! non! s'écrie-t-elle, j'aime mieux vivre ici comme j'ai vécu depuis plusieurs mois.

— Et épouser ton libérateur?

— Oui.

— A merveille! réplique la fée, et, comme je t'aime, je me réjouis que tu aies si bien choisi. »

Et Florella et le jeune chasseur furent unis et vécurent longtemps heureusement.

Le prince de la lune retourna dans ses États, et se rendit odieux à ses sujets par ses sottises, son orgueil et ses duretés. La fée de l'Arc-en-Ciel, pour le punir de ses méfaits, le changea en une chétive plante fouettée par tous les vents.

FIN.

TABLE DES MATIÈRES

FIN DE LA TABLE DES MATIÈRES.

PARIS — TYPOGRAPHIE LAHURE
Rue de Fleurus, 9

www.ingramcontent.com/pod-product-compliance
Lightning Source LLC
Chambersburg PA
CBHW071848020726
47502CB00003B/646